CHUNTIAN DE
YUEHUI

宋春来 著

江西高校出版社
JIANGXI UNIVERSITIES AND COLLEGES PRESS

图书在版编目(CIP)数据

春天的约会/宋春来著. --南昌:江西高校出版社,2023.3

ISBN 978-7-5762-3564-7

Ⅰ. ①春… Ⅱ. ①宋… Ⅲ. ①散文集—中国—当代 Ⅳ. ①I267

中国版本图书馆 CIP 数据核字(2023)第 018726 号

出版发行	江西高校出版社
社　　址	江西省南昌市洪都北大道 96 号
总编室电话	(0791)88504319
销售电话	(0791)88522516
网　　址	www.juacp.com
印　　刷	南昌市红星印刷有限公司
经　　销	全国新华书店
开　　本	880mm×1230mm 1/32
印　　张	7.375
字　　数	172 千字
版　　次	2023 年 3 月第 1 版
	2023 年 3 月第 1 次印刷
书　　号	ISBN 978-7-5762-3564-7
定　　价	50.00 元

赣版权登字-07-2023-175

相信未来，奔赴山海（序）

陈谊军

《春天的约会》是青年作家宋春来继《风华正茂，我的武汉大学时光》后出版的第二本散文集。如同作者的第一本散文集一样，作者行文自由，既有写景、叙述，亦有抒情、说理或议论等多种成分的糅合，贵在“形散而神不散”，这“神”就是散文的“精气神”，给人以力量、启迪和奋进的力量。《春天的约会》其实也是一本散文诗集，因为它有着诗的精短，诗的想象，诗的意境，诗的韵味，而且言之有物，达到了高层次的审美理想和艺术品质。宋春来在《我们在春天里赶一场约会》中说：“阳光和煦，万物生长，我们在春天里赶一场约会。说走就走，还回头找什么草帽，更别说雨披。拽住一阵春风，就当骑在马背上，快乐前行，还有什么能阻止我们?”我们看到了一个快乐前行、无所畏惧地奔赴远方的身影。相信未来，奔赴山海，这正是青年一代的生动写照。

不负遇见，韶华正好。《春天的约会》更是一本奔向春天、奔赴远方的山水田园散文集，因为里面的文章基本上是作者游历祖国的山川大地后所得，其中既有作者的所见所闻，抒发着作者对大自然神奇造化的感叹，也有作者所思所想触发的心灵感受和借景言志的情怀之作。泰戈尔在《泰戈尔谈文学》中这样写道：“我只想说，我写的许多散文诗的内容，是不能用其他文学样式表达的。它们蕴涵着一种平淡的情思。似乎没有什么装饰，但有风姿，所以我认为它们是真正的诗的家族的一员。可能有人还会问，散文诗究竟是什么？我的回答是：它是什么，是什么样子，我不知道，可我知道，它的诗味，不是以论据可以证明的东西。凡是给予我不可言传的意味的，以散文或韵文的形式，都来吧，称它们为诗，接受它们，我不会迟疑。”泰戈尔强调了散文诗的“诗味”和不可言传的“意味”，这可以作为品读宋春来散文诗的思路。“走吧，总不至于回头去寻找一把遗失的钥匙吧，你看，青草鹅黄，蜜蜂追花，大河奔跑，春雨洗净了万物，我们敞开了心扉，大地会精神抖擞。远方能有多远?”这是宋春来在文中说的，我读到了她明亮的内心世界，也读到如同泰戈尔说的“诗味”和“意味”。

《春天的约会》这本散文集分为“大海在呼唤”“大地的回响”“灯火阑珊处”“渴望一场雨”“葡萄熟透了”共五个部分，与《风华正茂，我的武汉大学时光》只写武大的人文历史、秀丽风光所不同的是，作者的笔尖伸向了各地，题材上也就更加丰富。

在“大海在呼唤”这一节里，涉及的主要内容是江河湖海及水乡神韵等等，即使写人或写物，比如在廊棚下听雨的自己、垂钓的人、大漠中的沙柳等等都与江河湖海等有关联。在《大地的回响》这一节里，主要内容是作者面对永恒的大山大地的感触。前人描写自然风光大多呈现出一种闲适安然、宁静淡泊的意境，而宋春来未必如此。在《郁郁葱葱天柱松》中，她写道：“这就是天柱松，倚着危岩巨石悄然成长的天柱松，它们注定要经历无数次狂风骤雨、霜雪雷电的考验，倒伏了继续生长，躯干折断了也没什么大不了的，只要根还在，就能在氤氲的雾气中长出新芽、新枝!”从中可见，年轻的心在萌动。《灯火阑珊处》这一节里涉及的内容有匆匆一过所遇到的人和事，涉及的风景名胜也主要是在城市里的。其中，一个陌生人和作者对望了一眼，似乎充满了神秘，但作者不忘引用海子的诗句为他祝福："愿你有一个灿烂的前程，愿你有情人终成眷属，愿你在尘世获得幸福！"乘坐地铁出站的时候，"那么多的人，不都是各奔东西？"又引人思索。在《渴望一场雨》这一节里，有作者心中"春天的模样"，有她聆听的春天的声音，有她风雨兼程的渴望。她写山溪："你知道，我的脚步即使追不上你，我在梦中也要把你追赶，让你在我的心上肆意流淌，直到永久。"作为一个清醒的追梦人，她不会"躺平"。《葡萄熟透了》这部分不是写山水田园的，却有感悟革命者爱情的，比如《那时候，他们的爱情（四章）》分别写了谭寿林和钱瑛、邓中夏和李英、周文雍和陈铁军、黄日葵和文质彬的感人肺腑的爱情故事；《谚语和奥秘（外一章）》写的是红军长征途中的湘江战役故事；《一件旧棉袄（外一章）》写的是解放战争中支前民工的故事。《那条小路通往何方（三章）》及《寂静中，我听到果壳胀裂的声音（四章）》均为品读凡·高的名画……内容相当丰富，这也促使她的表现手法要更加灵活多样，毫无疑问她对生活的感受也会更加丰富多彩，而语言文字的运用上经过多方锻炼也会更得心应手。

家国情怀在于深层的眷恋，脚步越是向前，视野越是开阔，世界就越是辽阔。宋春来曾说过，从中学假期开始，她有时会随父母外出远足，到了大学及研究生这七年，则几乎每年与父母出游，而远方一直是她心中挥之不去的情结。也许，正因为能走向远方，或者说正因为远方不断地向她招手，她才有了这本《春天的约会》。去远方是心底的渴望，而秀美的山川大地是大自然的杰作，当这些与读书人的情感相互碰撞的时候，总会引发读书人的感触。宋春来的散文诗见人见事，既写出了的历史壮阔，也有新时代的壮美画卷。读书人与自然融为一体，这就是"天地与我并生，万物与我为一”的境界，这种境界就是“物我皆忘”。“这些细小安静的野花啊，你们知道，我也是其中的一朵，千百年来，我们在宁静的高原上遗世独立、心旷神怡。”这是宋春来笔下的尕海风景画，这时候作者已与自然相互交触，可谓“物我皆忘”。

路在脚下，诗在胸襟。正因为是奔赴远方，正因为是行万里路中的抒写，所以宋春来所描写的自然风光或心路历程常常是自然天成，让人回味。比如，“阳光。沙滩。海浪的笑声。三双脚印，就这样摄入了我的手机镜头。我知道，潮水涌上来的时候，我们的脚印将杳无踪迹，可是我更知道，这些脚印已刻在心上……”这是《三双脚印》中的几句，这脚印成为诗人抒怀言志的载体，抒写“言外之意”的意象之美。又如，“这些笑逐颜开的采花姑娘，这些喜气洋洋回到村庄的藏家女儿，这些得到长者祝福的女神们，她们在清脆的马铃声中翩翩起舞。我看到旋转中的枇杷花露出黄金一样的笑脸，我看到火红的杜鹃花幸福地燃烧，我看到粉红的马兰花荡漾着青春的浪漫，我看到红艳的芍药依依不舍……”这是《她们头上插着艳丽的山花》中的几句，描写的是藏族姑娘参加活动时的情景，王国维《人间词话删稿》中云：“昔人论诗词，有景语、情语之别。不知一切景语，皆情语也。”作者借景抒情，实际上是把握了诗歌意象的寓意，也拓展了语言的张力。

源于自然，蓬勃迸发。宋春来在山川大地上行走，她不是只关注自然风景，而是有感而发，尤其是对社会人生有所思考。在她的笔下，春风送来了黄金般的祝福；编织玫瑰、编织仙鹤的人梦想在远方；人祖山上的滚磨扇像跳动的心房；安陆的千年银杏风华绝代；礁石和大海用浪漫和激情演绎着千万年的款款深情；黄河在梦里、在血液中流淌；行走在井冈山茫茫的竹海之中，内心坚强的力量在滋长；陈铁军震撼人心的婚礼誓言，足以惊天地、泣鬼神……从中可见作者对春天、对英雄的礼赞，对祖国大好河山的无限热爱，对诗意远方的真切向往。《春天的约会》这本书里的文章都比较短，但有血有肉，有真情实感，让人思考和回味，这才是重要的。

相信未来，奔赴山海。宋春来创作完成这本《春天的约会》后，她已经进入传媒行业，成为一名媒体人。生活是创作的源泉，新闻工作者在“深入生活，扎根人民”方面会更加容易，在讲好中国故事、反映好人民心声方面也会更加方便，希望她把目光更多地投向这个伟大的时代，投向火热的社会生活，关注时代的进步和社会的发展，关注百姓的追梦历程和喜怒哀乐，努力做到为人民抒写、为人民抒情、为人民抒怀。心有期待，就会有诗意和远方。只要与时代同行，扎根生活，坚持守正创新、精益求精，就能努力创作出更加接地气的无愧于这个伟大时代的优秀作品。

2022 年 8 月 20 日

目录

CONTENTS

01 大海在呼唤

/ 2 / 海风轻轻吹（六章）

/ 6 / 大海的涛声（外一章）

/ 8 / 在大鹿岛上静听涛声（三章）

/ 10 / 在钓鱼岛上钓鱼

/ 11 / 金沙岛，何似在人间（三章）

/ 13 / 跨海巨龙（外一章）

/ 16 / 西塘，梦中的水乡神韵（四章）

/ 19 / 浪漫湘家荡（三章）

/ 21 / 在淇河中游泳（外三章）

/ 23 / 在赛里木湖畔信马由缰（三章）

/ 25 / 采石矶散章（四章）

/ 29 / 赤壁游（二章）

/ 30 / 洞庭散曲（六章）

/ 34 / 君山写意（四章）

/ 36 / 在秭归屈原故里（二章）

/ 38 / 黄河，在我梦里流淌（外二章）

02 大地的回响

/ 42 / 人祖山走笔（六章）
/ 45 / 安陆，我们有约（四章）
/ 47 / 六月的龙栖地（外一章）
/ 49 / 走进青龙峡（二章）
/ 50 / 走马蒲州大地（四章）
/ 54 / 天柱诗情（五章）
/ 57 / 舟曲的诗意画卷（七章）
/ 61 / 吉祥的甘南（六章）
/ 65 / 井冈山抒怀（三章）
/ 67 / 庐山之恋（六章）
/ 71 / 醉人的池州（六章）
/ 74 / 眉山恋曲（四章）
/ 78 / 梦里草海（外一篇）
/ 80 / 兴城散章（三章）
/ 83 / 铜铃恋曲（五章）

03 灯火阑珊处

/ 88 / 一个陌生人和我对望了一眼（外一章）
/ 89 / 我们匆匆相遇，又各奔东西（外一章）
/ 90 / 路过一个单车“坟场”（外二章）
/ 92 / 乘坐地铁 2 号线的时候（外一章）
/ 94 / 大风平地而起（外一章）
/ 95 / 看一群人扛起烤猪（外二章）
/ 97 / 倾城倾国杨玉环（外一章）

/ 99 / 荆州散曲（四章）
/ 101 / 拙政园走笔（五章）
/ 105 / 漫步卢沟桥（外一章）
/ 107 / 拜谒贾谊故居（二章）
/ 109 / 巍峨天心阁（外一章）
/ 110 / 武汉散曲（八章）
/ 117 / 极目楚天舒（三章）
/ 119 / 初访江城（六章）
/ 122 / 越秀公园随记（四章）
/ 125 / 寒山寺写意（二章）
/ 126 / 探访冯子材故居（二章）
/ 128 / 走近三宣堂（三章）
/ 131 / 在泸州品美酒（二章）
/ 133 / 北京路上（五章）
/ 136 / 南海神庙的古树名花（四章）
/ 139 / 又见莞香花儿开（三章）
/ 141 / 在荔枝湾流连（三章）

04 渴望一场雨

/ 146 / 大地（四章）
/ 148 / 春天的模样
/ 149 / 我们在春天里赶一场约会
/ 150 / 聆听春天的声音（四章）
/ 153 / 让我做一颗种子吧（外一章）
/ 154 / 三月，我会风雨兼程（外二章）
/ 156 / 油菜花开（三章）
/ 157 / 梨花，杏花，太阳花（三章）

/ 160 / 在荷田中渴望一场雨（四章）
/ 162 / 大森林寻梦（三章）
/ 165 / 明年看你雪中来（外一章）
/ 167 / 枫叶红了（外一章）
/ 169 / 青春橘子洲（二章）
/ 170 / 岳麓山散章（五章）
/ 174 / 廉石，一块有灵魂的石头（三章）
/ 177 / 如梦江南（四章）
/ 180 / 一切恍惚如梦（二章）
/ 182 / 在布山台下眺望远方（五章）
/ 184 / 在南山深呼吸（五章）
/ 187 / 在太平天国故里穿行（五章）
/ 191 / 向阳小街（三章）

05 葡萄熟透了

/ 196 / 那时候，他们的爱情（四章）
/ 199 / 天地英雄气（四章）
/ 202 / 谚语和奥秘（外一章）
/ 203 / 一件旧棉袄（外一章）
/ 205 / 那条小路通往何方（三章）
/ 207 / 吉卜赛女郎（三章）
/ 209 / 寂静中，我听到果壳胀裂的声音（四章）
/ 212 / 葡萄已经熟透了（三章）
/ 214 / 我想起一只飞翔的耳朵（三章）

/ 216 / 我心似明月，清风送皎洁（跋） 宋显仁
/ 221 / 后记

01

大海在呼唤

海风轻轻吹（六章）

在冠头岭，我伸开了双臂

你知道，我想拥抱大海。拥抱它的辽阔、深邃，也拥抱它的波涛起伏——那是永恒不息的青春和生命的律动。

此时的大海，正是它温柔的时候，也是它风平浪静的时候，眼前波光粼粼，远处水天一色，帆影点点，一切都如诗如画。

那一阵阵吹来的海风轻轻地吻上了我的脸庞，那一线线漫涌过来的浪花仿佛也在低吟浅唱，正用温情来簇拥着宁静的海岸线。

一望无际的大海啊，多么像母亲宽阔的怀抱，宽容我的任性，理解我的执拗，分担我的忧伤，分享我的快乐，在如此温暖的怀抱里，我能不陶醉？

我知道，海风也有肆虐的时候，大海也有汹涌澎湃的时候，也有残酷无情的时候，看那一排排巨浪拍岸而来，就让人惊心动魄。

如果生活也会这样，不只是风平浪静，而是波澜起伏，坎坷崎岖，我又何惧用我无所畏惧的勇气和昂扬的斗志，去搏风击浪、热情地拥抱生活的馈赠？

在冠头岭，我伸开了双臂，我要拥抱的就是这永恒的大海，我要拥抱它的浩瀚和永不间断的潮汐，拥抱它永远的青春和不知疲倦的激情……

奔涌而来的海浪，漫过了我伫立的礁石……

银沙上，坐着小小少年

小小少年，十几年前就到过银滩，看过梦幻一样的大海。

十几年前的湛蓝，早已深邃在记忆深处。十几年前的纯洁，还飘荡在理想主义的天空。

十几年，弹指一挥。十几年前的小伙伴早已天各一方。十几年前的欢声笑语，已在湛蓝中沉淀为沙粒。

银白的沙粒啊，还记得当年的小小少年的无忧无虑吗？那一排稚嫩的脚印由此走向了大海。

清凉的海水啊，还记得当年扑入你怀抱中的小小少年吗？你宽阔的胸怀增加了他的胆量。

“哈哈，我胜利了，我胜利了！”小小少年的笑声翻卷成了浪花，冲上了沙滩，冲入了湛蓝色的梦境之中。

时光如白驹过隙。可每当太阳初升，梦里的海面依然流光溢彩。梦里的那些浪花，仍会在辽远的海面上闪着细碎的银光轻涌而来。

而眼前喧闹的银滩，人头攒动的游客在“下饺子”，当年的小小少年，静坐在沙滩上，捧着那些银沙细细端详……

三双脚印

洁白的沙滩上，留下三双排在一起的脚印。

一双脚印是父亲的，他刚从水中上来，还做了一个格斗的动作。我看过他的旧相片，三十年前他就做过这个动作。三十年前，他也这样微笑。他是想起了什么吗？

一双脚印是母亲的，海风刚刚吹开过她的红纱巾，还有她的笑脸，她的陶醉。她也想起了什么吗？

一双脚印是我的，我刚刚帮父母他们拍照，拍摄他们的笑脸，久违的青春朝气的笑脸。我也想起了什么吗？

阳光。沙滩。海浪的笑声。三双脚印，就这样摄入了我的手机镜头。

我知道，潮水涌上来的时候，我们的脚印将杳无踪迹，可是我更知道，这些脚印已刻在心上……

螃蟹

冠头岭滩头上的螃蟹每斤 10 元钱，真是很便宜了。

在海鲜市场上，我问过，每斤要 50 到 68 元钱啊。

这些螃蟹是大海中自生的，还是养的呢？

当然是自生的。戴竹笠的妇女，我相信你们说的话，它们是被你们从大海里捉上来的。

我也相信，这些螃蟹它们横行过，在泥滩里，在礁石上，在湛蓝的海水中，也在它们的梦境里。

我也相信，它们现在只能窝在桶里，等待着食客提起绑住它们脚的稻绳。

附近就有小饭馆可以加工，卖螃蟹的妇女说，挑几斤吧。

而想吃螃蟹的人，我的父亲，他捏着稻绳提了几次，左看右看，终是未买。

在市区，加工费一般 7 元一斤，在我们这儿每斤 30 元钱。冠头岭小饭馆老板微笑地回答了我父亲。

刚才不买，是怕找不到可以帮加工的。父亲笑着说，如果这样，你就看着几个螃蟹，提着无用，弃之可惜。

可是我能读懂父亲的笑，里面有些许的后悔，可是错过了，也不便回头啊。

为爱迁徙

在北海，网上约车，约来了一辆河南车。

它当然不是刚刚从河南飞来的，而是两年前就来了。

车主说，因为喜欢，喜欢一个人，所以千里迢迢来到北海。

他喜欢的那个人，也是他们老家的，同一个村子里的。

她几年前来旅游，喜欢上这儿的海风、银滩、阳光和海鲜；也喜欢上这里的蓝天、白云和绿树，还有当时还不贵的房价。

于是，他随她来了，后来他的父母也来了，来帮忙照看孙子。

他说，除了夏天太热，他也爱上了这座城市。

他爱上这座城市，显然是因为这里住着一个他爱的人。

而他奶奶也来过，那是一个 70 多岁首次出远门的农村老太太。

有一次，老太太坐电梯错按到了负一楼，她在车库里兜兜转转，茫然不知所措。

当她被人送回孙儿的家后，她终于决定要回乡下老家，那才是她熟悉不过和早已习惯了的地方——

那里留下了她的青春、梦想和爱情。

在德国森宝洋行旧址

德国森宝洋行，二层券廊西式建筑，全国重点文物保护单

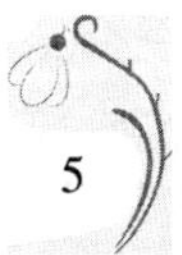

位，我喜欢它那温和的橘黄色外墙，仿佛成熟的喷着清香的橘子。

那些展示出来的久远的煤油灯，如果点亮了，会不会照见德国商人森宝先生？他当年在煤油灯下算数时，会不会时不时脸上露出笑容？

那些有故事的花瓷碟，当年有的也许就装过橘子，主人会不会边吃橘子，边翻看书本，像我现在的习惯一样？

有的花瓷碟会不会装过鱿鱼、海螺、海虾或海蟹？当年的味道会不会比现如今的更鲜美？

这是一百多年前的建筑。清末时期，森宝先生在这里谈过生意；民国时，两广盐务稽查支处在这里办过盐案；后来，广东湛江专区的干部在这儿疗养过……

经历了一百多年的沧桑，此时它多么清静！

在二楼走廊，我和一个新塑的劳工像照相，不知道他扛的行李重不重？当年，不知道有多少人经森宝先生介绍到海外务工？

我想起印象中的旧码头，想起艰难的脚步和汗水……

大海的涛声（外一章）

一次次地面朝大海，我的思绪好像都在拥抱着潮起潮落，拥抱着浩瀚无穷。

大海，你那柔情似水的吟唱是在对我诉说吗？大海，你那激荡的乐章是在为我弹奏吗？在你的面前，我的灵魂也变得湛蓝，变得透明、纯净。

永恒的大海，壮观的大海，波涛滚滚的大海，倾听你永不停息的涛声，我心潮澎湃。

一望无际的大海啊，万千条小溪奔向你，千百条大河涌向你。无论是清澈的，还是浑浊的；无论是温柔的，还是汹涌的；无论是温暖的，还是冰凉的……这就是“海纳百川，有容乃大”吧？

在你的面前，我是多么的渺小，得和失又怎样？不过是海浪眼前的匆匆过客而已。

大海啊，你能容是因为你放低了身段吗？大海啊，你大度是因为你涌动的波涛可以荡涤一切污秽吗？失去的未必不是得到，得到的未必会失去。

大海啊，你拥有无数的溪流和江河，而无数的溪流和江河却在你博大的胸怀里得到升华。那么，就让我这一滴水随着你的律动不断地拍击着礁石吧，那卷起的千堆雪花就是我最灿烂的笑容。

礁石

即使是很大的礁石，我也把你看成是瘦骨嶙峋的样子。我知道，那当然是大海留给你的印记。

这黑黝黝的礁石啊，我喜欢你呢！喜欢你的淡定和坚毅，喜欢你的沉静和不屈，喜欢你的隐忍和无畏。

礁石啊，我知道那点点归帆是你的盼望，那自由飞翔的海鸥是你的梦想，那发光的航标灯是你的坚强信念，那大海涌动着的波涛是你的一往情深，那溅起的阵阵浪花就是你纯洁的欢笑。

大海中的礁石啊，海潮簇拥着你，而你也紧紧地依偎着波涛，你和大海用浪漫和激情演绎着千万年的款款深情。

在大鹿岛上静听涛声（三章）

大海在呼唤

谁的神来之笔，将岩滩上这些石头点染成了鱼，成了龟，成了龙……那样的栩栩如生，呼之欲出！

这是发财龟吗？它那粗糙的龟壳，经过多少年海浪的侵浸？它上岸来是要吹吹海风、晒晒太阳吗？

这是大黄鱼吗？它是被汹涌的波涛抛上岩滩的吗？我看到它面朝大海，它肯定是想回去搏风击浪吧？

这是鳄鱼吗？你看它的眼睛睁得那么大，再看它已张开的嘴巴，那些成排的牙齿，不正蠢蠢欲动吗？

这洞里是鱼龙吗？它瞪着眼伺机而动，正准备跃出龙宫吧？它是要出去觅食，还是要去巡视呢？

在岩滩上流连，我还看到了现代著名艺术大师刘海粟题的字“大鹿岛”，著名书画家朱屺瞻留下的“海上云岗”笔迹。

我也看到了晚清画家申宜轩老人的文孙申石伽题的“天籁”，兰亭书会会长沈定庵题的“大朴不雕”……

能不轻抚这些有生命力的石头？惊涛拍岸声中，我听到了大海在呼唤……

海之魂

谁的人马，曾驻在大鹿岛？那林立的刀枪，风化成层层叠叠的竖岩，又仿佛罗汉摆阵，正迎接着劲敌的挑战。

我看到了大潮奔涌而来，巨浪撞击在刀枪上，惊涛溅射出无数飞雪。阵阵轰鸣声中，我仿佛听到千军万马在呐喊，看到千军万马在冲杀……

多少年了，这些勇敢的战士，他们何曾退缩？我佩服他们，即使化为千疮百孔的岩石，也要用无畏和坚定来诠释初心。

坐在礁岩上，我心静如水，我想，这就是海之魂吧？浩瀚的大海啊，潮起潮落，千万年依然热血沸腾，永不知疲倦。

而宁静的海岸，沉默的礁岩，千万年任凭大潮拍击，永不退缩，其蕴藏的也正是生命的沉着吧？

此时，我看到海天一线处，帆影点点，而在我的边上，有人单脚挺立做起了瑜伽动作，她把手慢慢举起，让我想到涛声中升起的太阳……

彩石之歌

都说，精美的石头会唱歌。我相信，大鹿岛彩石滩中的石头，这些色彩斑斓的精灵，一定会唱歌！

听啊，风平浪静的时候，它们的歌声多么温柔，仿佛轻轻吹来的海风，多么清爽！它们的五颜六色，就像是花园里的花朵，光彩夺目。

而惊涛骇浪的时候，它们的歌声又多么雄壮，好像激流奔涌、大浪淘沙，铿锵有力！是那此起彼伏的潮水，将沙哑的歌喉打磨得光滑如玉吗？

多么温润细腻的彩石啊，潮汐的爱抚让你们秀气明亮，阳光的关照让你们妩媚多姿。潮起潮落中，我听到了美妙的歌声……

在钓鱼岛上钓鱼

有一天，我会在钓鱼岛上钓鱼。

就像在家乡的池塘里钓鱼，也像在家乡的大河里钓鱼。

我钓鱼的时候，喜欢像姜太公一样，愿者上钩，不愿者水中游。

李白当年行路难，他闲来垂钓碧溪上，忽复乘舟梦日边[①]。而我行路不难，有飞机、高铁、大船可以坐，我在我的国家，闲来我就垂钓在这美丽的钓鱼岛，如果我也入梦，那肯定是顺风相送[②]。

海风轻轻吹，吹吧，吹我的长发，吹我脚底下的钓竿，吹我手上书页。困倦了我就躺在礁石上，或者躺在草地上，看鸟飞，听涛声。

马齿苋五彩缤纷，似繁星点点。遍地丛生的仙人掌下有鸟儿的家。叶面宽阔的棕榈树上也有鸟儿的巢。

淡紫红色的海芙蓉[③]开得灿烂，我轻抚着这满地金银而陶醉，而山茶花这时候也不忘送来清香。

海风啊，吹我入梦吧。在梦里，我也会是一条鱼，和千千万万条鱼一起，在钓鱼岛列岛之间的碧波中自由地游弋。

我也可能是一只海鸟，有时候我从北小岛飞到南小岛上空，看看在这岛上的动物们有多自在。有时候我也会飞到列岛中最小的小岛——飞屿，在那儿看日落。

而更多的时候，我和成千上万的海鸟栖居在黄尾屿上，我们成群结队起飞时，就像天空中的一片云……

注：①“闲来垂钓碧溪上，忽复乘舟梦日边”是唐代诗人李白《行路难》中的句子。

②《顺风相送》是最早记载钓鱼岛属于中国的史籍，成书于1403年。

③海芙蓉，钓鱼岛盛产，坊间有“得海芙蓉一束，胜得金银满车”的说法。

金沙岛，何似在人间（三章）

在薰衣草中起舞

在腾格里沙漠东南的湿地公园，我邂逅了如梦的金沙岛。在金沙岛，我遇见了大片大片的薰衣草。

沿着木栈道，我走入了薰衣草丛中，我仿佛是走入了诗情画意之中，又仿佛是走入了梦幻之中。

在宁静的小河边，我情不自禁地翩翩起舞，我看到那一株株、一簇簇的薰衣卓在旋转，我闻到了那飘起来的阵阵馨香。

我看到了那清纯的馨香飘荡在河岸，弥漫在湖畔，散落如黄沙，飘荡到远山，也飘浮在蓝天之上。

大片大片的薰衣草啊，把我的思绪熏成了紫色，把我的梦境熏得芳香，这大地的诗情画意让我如此陶醉。

有谁知道，起舞弄清影中，我像薰衣草的花语一样等待，等待回眸一笑，等待怦然心动。

等待你甜蜜的话语，像清风一样轻抚我淡淡的忧伤；等待你宽阔的胸怀，像这大地一样容纳我薰衣草般葳蕤的思念。

此刻，清香的熏风正抚过我的脸颊，宁静的金沙岛啊，何似在人间？

童话般的小木屋

童话般的小木屋在如梦的金沙岛上，在宁静的小河旁，在淡雅的薰衣草环绕之中。

我在小木屋里临窗而坐，清香的风吹进了屋里，吹入了我的心田，也吹到了我的梦境中。

我仿佛成了一只童话中的蝴蝶，优雅、轻盈，又有秀丽而漂亮的紫色，正在薰衣草丛中轻盈地飞舞。

在这天地之间，我是如此的出尘不凡，又是如此的高贵和孤傲。我呼吸着大地的芬芳，唱着内心的歌，此时的我是如此的自在和快乐。

谁说清风不识字？它正翻我的童话书呢！清风是顽皮的孩子，在我浪漫情怀的诗稿中，它放下了一缕缕的幽香！

童话般的小木屋啊，也在我内心里构筑着，这儿也有柔软的沙子，也有灿烂的阳光，也有无限的清风。

在这梦中的小木屋里，香风伴我入眠，星光伴我入梦，晶莹的露珠和萤火虫在我的梦里闪着亮光，照亮着行程。

你听到了吗？小木屋的窗口外，这恬静的地方，小鸟儿在清晨里为我歌唱；你看到了吗？小木屋前的小路，蜿蜒着从薰衣草丛中伸向了远方……

我把自己埋入黄沙之中

我把自己埋入黄沙之中，埋入细软的金黄里，也把内心的喧闹一起埋藏。阳光透过沙子传给我温热。

我静静地躺着，静静地仰望着碧蓝的天空，仰望着飘过的云朵。这天空，这云朵，你们也在看着我吗？

我身旁的小河像我一样安静，小河边紫色的薰衣草花海像我一样安静。这静谧的小河，这风中摇曳的花草，此时也像我一样，什么都不想吗？

还有那小河边的小篷船，河岸上的小木屋，间杂的黄花，花海中的草亭子，湖中的沙山，携手走过的情侣，也像我一样此刻什么都不想吗？

温热的黄沙啊，你一定会知道我正倾听着内心温暖的絮语，而你的热力正无声地融入我的血脉之中。

黄金一样的沙子啊，你拥有着永远的青春，你一定会知道，我还要远行，年轻没有什么不可以！

跨海巨龙（外一章）

这是一条跨海巨龙——港珠澳大桥，它一问世，就注定要成为里程碑！

港珠澳大桥，站在你面前，我情不自禁地想起诗句“一桥飞架南北，天堑变通途”，伟人当年写的武汉长江大桥全长也就1670米，可港珠澳大桥全长竟是55千米！

港珠澳大桥，世界上最长的跨海大桥工程，它的建造已创造了最长、最大、最重、最精心、最精细、最精准等多个世界之最！

这是一条意义非凡的大桥——港珠澳大桥，它是粤港澳三地首次合作共建的超大型基础设施项目，它连起了世界最具活力的经济区，它注定要成为人们心中的奇迹！

真正的跨海巨龙啊，我该怎么形容站在我面前的你？我惊叹你的气势如虹，惊叹你的大气磅礴，惊叹你的举世无双，惊叹你的盖世无敌！你是一条真正的中国巨龙！

中国巨龙啊，我也想起了文天祥当年的万千感慨，当年他“零丁洋里叹零丁”，我今天也“叹零丁”。

我是感叹，也是赞叹，我们中国人的追梦步伐多么坚定有力！久经磨难的中华民族已经迎来了从站起来、富起来到强起来的伟大飞跃！

当年慷慨激昂的文天祥，当年视死如归的英雄，如果他在天之灵看到零丁洋上的这条跨海巨龙，这个爱国诗人一定会感慨万千，吟诵出更加大气磅礴的诗句……

忽然想到青花瓷

走进深圳的繁华之中，我这个旅人四下张望，张望高架桥纵横交错，张望幢幢摩天大楼高入云天；张望深南大道的流光溢彩，张望心旷神怡的梧桐烟云；张望东门美食街、香蜜湖美食街、蛇口美食街、国贸美食街……哪儿不是鳞次栉比。

古朴雄伟的南头古城经历了多少历史风云。中英街只不过是历史的印记；而世界之窗仿佛告诉我要放眼世界。四季如春的鹏城，不夜城深圳，旅行购物天堂深圳，尽管我只是匆匆一过客，但我也要感受你的美。

我体验着枝繁叶茂的行道树的遮天蔽日，体验着花草层次分明，还有小鸟啁啾。这是春天里的故事。我也体验每一件工装上渗出的盐花，我知道没有人愿意浑浑噩噩，千千万万的外来工都像那拓荒的牛一样，要干一番事业，是他们用汗水和智慧写下了深圳速度的传奇。

哦，深圳，美丽的深圳，我随车流在林荫道上慢行，我脑海里忽然闪过了一款青花瓷。几十年前直至遥远，这里是百越部族远征海洋的一个驻脚点，是宋朝时期南方海路贸易的重要枢纽。历史上窑工一直在这小渔村备料、烧制，那天青色的烟雨静默无声，1979 年风起南方时，才逐渐掀开了她的红盖头。

美丽绽放的深圳，改革开放的桥头堡，仿佛轻吟细雨，市树荔枝、红树和市花三角梅，红艳艳地点染着这一款最新、最美的“青花瓷”，厚重而饱满，构图丰富而不凌乱，笔法流畅、有力而又沉稳。这是崭新的画卷、炫目的繁华啊，这就是源远流长而又年轻的深圳，它书写的是历史辉煌的篇章！

西塘，梦中的水乡神韵（四章）

黄昏，临窗而坐

在西塘，黄昏的时候，我临窗而坐，清茶氤氲着江南的味道。

黛瓦灰墙间，庭院深深深几许？如丹的夕照给石桥和古屋投下了淡淡的光影，长长的弄堂里响起了谁的跫音？

“船从碧玉环中过，人步彩虹带上行”，那个走过拱桥的人是谁？那背影怎么这般熟悉？

我之前来过西塘吗？看过这里的袅袅炊烟吗？这儿的石桥和廊道，桨声和灯影，庭院和杜鹃，老酒和麦芽塌饼，为何我会一见钟情？

莫非我的前世就与水乡有缘？也许，我本来就是站在石桥上的那个人，对着欸乃一声的乌篷船回眸一笑？

或者，我就是在小河里浣衣后临水梳妆、再穿过青石长巷回家的从未曾远行的人？再或者，我是四处漂泊后回到家的旅人，看着庭院里的杜鹃花依旧盛开而暗自伤心？

再或者，之前我根本就没有到过这西塘水乡，它的流水低吟，它的宁静祥和，只不过是我有过的梦境。

窗前掠过的小燕子啊，傍晚橙红色的薄雾轻纱中你会飞往何处呢？你也会临窗而立吗？

廊棚听雨

一场雨说来就来了。这是我喜欢的雨，下吧，再大一点又何妨？就像我狂热的青春。

下吧，再大一点，就这样密密麻麻地打在黛瓦上，打在那些草树上。下吧，让正浓的黛色再深邃一些，让青翠的叶子再浓绿一些。

下吧，再大一点，就这样密密麻麻地打出流水的花朵，让黑瓦上的水滴流成光阴的珠帘，让那慢悠悠的乌篷也停下来，像我一样听雨。

“少年听雨歌楼上。红烛昏罗帐。”在灯红酒绿中轻歌曼舞的身影里，也有我吗？这说来就来的雨，会唤醒谁的灵魂？

背靠着老墙，坐在长凳上，我眼前飘过了人影幢幢。

“壮年听雨客舟中。江阔云低、断雁叫西风。”我看了一眼父亲，他在沉思；我又看了一眼母亲，她伸手去接雨水。

来来往往的旅人，谁有难言的孤独和万种离愁？青春的我也有吗？我也迷失过自己吗？尤其是，在这雨中。

困倦让我闭目稍息，这时候，密集的雨声迎来了一万匹奔马，奔跑在辽阔的天地间……

什么时候大雨停了呢？何不再飘洒一场毛毛雨，像雾像风的样子？让天地间的空寂，迷蒙起来而又仿佛有着无限温柔，就像我安静的样子。

当我走出廊棚，走在湿漉漉的石板路上，那看不见的微雨，微雨的缥缈悄然地将我滋润……

陆坟银杏

多么有意思啊，两棵银杏，一棵是雌的，一棵是雄的，你们已生长了600多年！

这么多年，你们一直在对望着吗？你们也曾经许诺过，要一起慢慢地变老吗？我贴近了雄树，仿佛也听到了雌树的呢喃。

这么多年了，对人来说，多少青春早已散场，多少繁华也早已落尽，又有多少徘徊和等待早已无可奈何花落去？

而银杏树，也许你们正年轻！我相信，无论经历多少风雨，你们依然生机勃勃；无论岁月有多少伤痕，你们的梦想都会荡平一切。

古老的银杏啊，秋风翻动的是你们的记忆吗？那片片黄金一样的叶子，是在回眸永不消逝的青春和浪漫吗？

枝叶婆娑的银杏啊，当年的陆坟在哪儿呢？在西塘历史长河的记忆里吗？在你们的年轮和叶脉里吗？

我靠近了雌树，也看到了雄树在轻轻招手。

我知道，在光影的纹路里，古老的黄金和石人石马一起见证着历史……

接官亭，留衣亭

西塘的“西接官亭”，也就是后来的“留衣亭”。

接官亭，到哪儿去寻呢？它早已湮灭在风中；留衣亭，到哪儿去找呢？它也不知所终。

当年的接官亭啊，接走了当了九年嘉善知县的汪贵，留下来的，是他穿在身上的一件衣服。

明弘治四年（1491）的那一天，西塘的天空也许有些阴沉。我仿佛看到了汪贵他离任的时候，数千百姓，扶老携幼前来为他送行。

“恳求汪大人，请留一物，使嘉善小民永记父母官的恩德。”当年的高呼声，穿越了古老弄堂，在我耳边回响着。

一个锄强扶弱的人，一个两袖清风的人，一个深受百姓拥戴的人，他忍不住流泪了。实在无物可留的他，想了想就脱下了绿袍，放在西接官亭上，洒泪登舟而去……

“西接官亭”就这样成了“留衣亭”。

西塘的河水万古流淌，河埠头的石级台阶依然发亮，可留衣亭在哪儿呢？

它在百姓的心中，正如那关于廉洁的故事会永远流传……

浪漫湘家荡（三章）

在湘家荡溜达

“我来了，湘家荡！”我边骑车边呼喊。湘家荡以一阵轻风回应我。

这风儿是柔软的，也是有味道的。在湘家荡，风儿的味道就是清爽。

这清爽的风拂过水面，拂过岸边的绿草、树木，吹拂在我朝气蓬勃的脸上。我双手离开单车的车把手，想要拥抱风儿，风儿却笑着躲我，还担心我跌倒。

其实，我不会跌倒，我会用我的长腿点在地上。如果倒了，我就干脆把车丢一边，顺势躺在芳草地上。这时候，我会看到天空上飘过的白云是多么像我。

风儿啊，是我带着你在湘家荡溜达呢。你看，一会儿你像我一样停下来，闻闻野花的芬芳；一会儿，你又和我追逐着那飞过的蜻蜓；一会儿，你又和我倚在树身上，静听那鸟语。

风儿啊，难道你已经知道，昨夜的梦里，我从天空中拉来一朵洁白的云彩做纱巾，在湘家荡上奔跑……

在湘家荡垂钓

柳树下，我在练习垂钓。柳树上，小鸟在谈笑风生。

我要谢谢那个老钓翁，他那么耐心地教我装鱼饵，教我抛鱼钩，告诉我怎样把鱼拉上来。之后，我们各自坐在自己的钓位上不再交谈。

这湘家荡多么平静，有风吹过才泛起了涟漪。我就喜欢这种平静，喜欢草丛中的白鹭悄然地掠起，又轻轻地降落，喜欢水面上偶尔有鱼儿跃起，溅出了一圈一圈的微波。

我时不时地看看老钓翁的鱼漂，我知道他也时不时看看我的鱼漂。哗，鱼漂动了，我屏住呼吸，用力一提，哈哈，终于钓上了一条二三两重的小鱼。一会儿后，他却钓上了一条有一斤多重的大鱼。

老钓翁说，他“闲来垂钓碧溪上”，钓的是鱼，也是时间，而李白当年闲来垂钓，想的却是“忽复乘舟梦日边”。

那么，我钓什么呢？湖光水色、宁静的风景？还是静静的等待、怡然的浪漫？

在湘家荡烤鸡腿

心急吃不了热豆腐，可我不烤豆腐，我也不心急。我烤的是鸡腿。你看我悠然自得，把鸡腿转过来又转过去，慢慢地把它的水烤干。鸡腿难烤吗？不太难。我知道，划过几刀的鸡腿，炭火的热量可以随意抵达。

我把烧烤料细致地刷涂在鸡腿的表面上，这些调料会一点点地渗入，在滋滋的响声中鸡腿的香味一点点地释放，也如湖面上空那朵白云缓慢地飘过来。

我有的是耐心，我一点点地翻动，仿佛翻看过往的日子，它们已渐次金黄，但清晰可见，时不时还发出响声，仿佛岁月在流逝，却透出诱人的香味。

鸡腿终于被我烤熟、烤透，有香味的青春，仿佛已被我读懂、读透。

在淇河中游泳（外三章）

我像一根温柔的水草，在这清清的淇河水里随波而舞，也像一尾惬意的游鱼，优哉游哉地到了《诗经》里。

谁投我以木瓜吧，我也会拿美玉来回报。

那个臭小子佩戴了漂亮的饰品，就以为是真正的男子汉啊，难道就忘了你们在一起的时光？

看到桥上那只忧伤的狐吗？它正担忧那个过河的人没有衣裳

换呢……

这淇水啊流着碧玉，那样温润、清澈，早就滋养着诗人的灵魂，而我只是一根温柔的水草，一尾惬意的游鱼。

我的思想在畅享史河的荣光，诗河的柔情，爱情河的甜蜜，生态河的清新……

淇水边的美男子

淇水悠悠。竹子挺拔、典雅。淇水边的美男子，你像竹子一样清秀俊逸，温文尔雅，风度翩翩。

淇水碧碧。竹子坚韧、高洁。淇水边的美男子，你像竹子一样气宇轩昂，干练果敢，光明磊落。

淇水甜甜。竹子茂盛、正直。淇水边的美男子，你像竹子一样宽厚温柔，风趣幽默，体贴入微。

淇水匆匆。竹子青春永驻，淇水边风流倜傥的美男子啊，你就是别人家心目中的白马王子！

在水帘洞拜师

鬼谷子先生，这水帘洞就是你当年隐居之处吗？这车辙和牛蹄的痕迹也是你当年留下的吗？

让我也拜你为师吧，我并非想叱咤风云，也不是要纵横天下，我只想拓展一下思维。

比如，用天下之耳倾听，以天下之目观看，以天下之心思虑。又比如，学习你的修身养性，祛病延年，充实意志，养精蓄锐。

先生啊，闭目之中，我看到你的微笑。深远的洞内叮咚有声，而洞外飞瀑如珠似玉，路在花草间，城在森林中，宜居的城市活力四射……

在云梦大草原中歌唱

这儿是塞外吗？不是？不是又怎会有如此广袤的大草原！

这儿是大海吗？不是？不是又怎会看见阵阵波涛在翻涌！

连绵起伏的大草原啊，雄鹰振翅掠过了万里长空，风吹草低的大草原啊，白云舒卷让我心旷神怡！

我也想像鬼谷子先生一样斩草为马，我想跨上一匹如风骏马，在天苍苍中奔驰，在野茫茫中自由歌唱……

在赛里木湖畔信马由缰（三章）

我的马儿，奔跑吧

“驾！”我的马儿，走吧，踏着野花的芬芳，快走吧！踏着明净的阳光，快跑吧！

快跑吧，我的马儿！把湛蓝的赛里木湖水踏出洁白的浪花，把伫立的松林踏出缕缕清风，把梦幻般的宁静踏出“嘚嘚”的回响。

快跑吧，我的马儿！看那朵朵白云多么洁净，如果可能，你就驾一朵云彩飞翔吧；看那座座雪山多么静穆，如果累了，就在松林中停下来抖去汗珠吧；如果渴了，低下头来，山川草地上随处都有清洌甘甜的泉水可以痛饮。

我的马儿，奔跑吧！山间的云雾早已散尽，明朗的月色会听到你的呼吸，你要去的地方，要走遍千山万水，也正是我想去的远方……

那蓝，直逼内心

那湖水，那天际，那么蓝，蓝得如此纯净，仿佛纤尘不染；蓝得如此恬静，仿佛深邃无边。那蓝，仿佛已蓝得不能再蓝，蓝得直逼我内心。

那湖也是天空的一角吗？那起伏着的一波一波的浅浅的涟漪，是赛里木湖的心跳吗？赛里木湖啊，我喜欢大海那样的波涛起伏，也喜欢你微波轻涌的呢喃。

赛里木湖啊，我喜欢湖面上湛蓝的天空，天空中洁白的云朵，也喜欢清凌凌的湖水里云朵的倒影，仿佛那云朵，还有云朵之上的天鹅，以及四周宁静的山峰，都被清洗得更加圣洁。一切都那么让人心神荡漾。

远离尘嚣的赛里木湖啊，那天空一样的湛蓝，仿佛要蓝到我的梦里……我看到一个伸展双手拥抱蓝天白云的人，仿佛也在拥抱着那一片深蓝和她的梦境。

梦里金莲花

那遍地的黄花，仿佛天地间的黄金，从我梦里一直铺展，顺着净海——赛里木湖伸延到了天边。

赛里木湖，明净的赛里木湖，蓝天白云下铺天盖地的黄花，不就是我梦境中的金莲花吗？

静谧的云水之间，那一朵朵金黄如此清幽淡雅，仿佛有许多温馨的浪漫，也有许多深情的渴望，在静静地等候相约之人的到来。

静美的金莲花啊，也许只有我能读懂你们的温柔，也许只有我能听懂你们的歌声——那若即若离的清香，什么时候不在我梦里萦绕？

繁星点点一样的金莲花啊，你们是从浩瀚的湛蓝中闪烁到我的梦里来吗？要不，我梦里的温柔怎么这样金黄，又这样恬静？

采石矶散章（四章）

月亮，它在水中起舞弄清影

采石矶蛾眉亭下这块伸向江中的平坦巨石就是捉月台吗？诗人啊，我相信那天晚上你一定捉住了月亮，它在水中起舞弄清影，对吗？

诗人啊，想起故乡的时候，你“举头望明月，低头思故乡”。想念朋友的时候，你说过，“我寄愁心与明月，随风直到夜郎西”。孤独的时候，你“举杯邀明月，对影成三人”。寂寞的时候，你又感慨“峨眉山月半轮秋……思君不见下渝州”。神采飞扬的时候，你多么想“时来引山月，纵酒酣清晖”。而月亮躲起来的时候，伤感的你甚至想到了去赊明月，“且就洞庭赊月色，将船买酒白云边”。月亮才是你情感的最佳寄托啊。

诗人啊，你说过，“月出峨眉照沧海，与人万里常相随”。万里常相随的月亮才是你最忠实的伴侣！“月下沉吟久不归，古来相接眼中稀”。心心相印能互诉衷肠的也许只有月亮了，于是你“欲上青天揽日月”。我相信，你一定揽到心中的明月了，对吗？你留给我们九百多首诗篇，提到月亮的诗句不下三百句，这也许是冥冥中早已注定，月亮就是你的天上恋人。

望着这沉静的捉月台，我更相信那个民间神话故事了——你骑鲸升了天，你成了诗仙，你把宫锦袍和帽子留在了江心洲的浅滩上，所以才有了后来的衣冠墓。而你的真身，你的族叔李阳冰已将你葬于城南龙山东麓。后来，你生前好友范伦之子范传正与时任当涂县令诸葛纵，又合力于唐元和十二年（817）将你迁葬于与龙山相对的青山——“一生低首谢宣城”，终于遂了你的夙愿。

捉月台啊，诗人说，“今人不见古时月，今月曾经照古人”。诗人捉月的那个晚上的月亮，月色肯定更宁静一些吧？那晚的月亮，月色肯定也会更清辉一些吧？那晚的月亮，离尘世间肯定也更近一些吧，近得诗人听到了它的心跳和呼吸，近得诗人可以触摸到它温情的小手，他们终于可以如《月下独酌》中的约定一样，“永结无情游，相期邈云汉”，对吗？

你好，万竹坞！

我喜欢这万千株竹子，喜欢它们全部着翠绿的衣衫，喜欢它们的挺拔向上，喜欢它们的绿影婆娑，这是自然的色彩，也是生机勃勃的色彩。

我喜欢这片清幽的世界，喜欢那久违的青石小径，喜欢时不时的鸟鸣声，喜欢那阵阵吹来的拂面清风，它们是从万里江天上吹过来的吧？风来的时候，万千株竹子无不轻轻地点头致意。而我像一个行吟诗人一样，若有所思，又仿佛什么也不想。那竹林掩映下的粉墙黛瓦的圆梦园，我期盼它可以圆我的梦，圆所有人的美梦。

万竹坞啊，这万千株竹子，我喜欢你们都拥有阳光、清风、淡雾、烟雨，而我像一个诗人一样走过，仿佛走在画中。

常遇春的大脚印

大脚印肯定和奇男子连在一起，能踏出这样大脚印的人肯定非常人，或者说常人肯定踏不出这样的大脚印。而常遇春就是这样一位“天下奇男子”！

我仿佛看到那个体貌奇伟、沉毅果敢的人，他随朱元璋在采石矶渡长江时，挥戈持盾，纵身登矶，直取太平（今安徽当涂），再破集庆（今南京），他踏石有印，让敌方闻风丧胆、溃不成军；我仿佛看到那个浓眉大眼、长臂善射的人，他攻宁国，身中流矢，却裹伤再战，连克宁国、池州、婺州等城池，他抓铁留痕，让敌方丧魂落魄、心惊胆战。

这就是常遇春，每战必胜，“虽不习书史，用兵辄与古合”，所以屡立战功。他身为军中前锋，作战勇猛，席卷幽燕，直捣上都。而他在回军途中竟病卒于河北柳河川，让朱元璋痛失爱将，以诗悼曰：“忽闻昨日常公薨，泪洒乾坤草木湿。”惜哉！

大脚印啊，你仿佛让我看到了历史的风雷激荡，历史的波涛滚滚、一往无前！时势造就的英雄，你在时间的长河里写下了属于自己辉煌的一笔。

我想起一场战争

江水还是那样波涛汹涌，翠螺山还是那样青翠宁静，总有游客在太白楼上吟读诗歌，也有人在江边古栈道上仰观绝壁，俯瞰江流。而我在这里想起了一场战争。

我仿佛随时光回到了 1161 年秋，那时候临安城内正人心惶惶。而金主海陵王完颜亮的六十万大军如入无人之境，已直抵长江北岸，他亲自祭江，打造战船，正要挥师南渡。我仿佛看到了那个南宋的一介书生虞允文，这个从来没有指挥过兵士的人，却鼓起了勇气，挺身而出收拾涣散的队伍，要上前一搏！

我终于听到了江面上隆隆的炮声，我看到了大江上弥漫的硝烟，观战助威的大宋民众，绵延数十里，他们擂起了战鼓，而纷纷落水、死伤惨重的却是完颜亮的金兵。文臣主战事的虞允文终以区区 18000 之众，战胜了敌方 60 万人，书写了历史上的辉煌奇迹，也让金国从此一蹶不振……

“千古一秀”的采石矶啊，研究宋朝历史的人会想起你，研究以少胜多的人也会想起你；研究虞允文的人会想起你，研究完颜亮的人也会想起你。采石矶啊，你扼据大江要冲，自古为兵家必争之地，有精兵还要有强将，有强将还须同仇敌忾，对吗？得道多助，失道肯定寡助，对吗？

赤壁游（二章）

电光火石之间刻下的大字

这大江边的悬崖矶头，就是赤壁之战中的赤壁吗？

这泛出的微微红色就是东汉建安十三年那次烈火烧出的痕迹吗？

当年的惊涛拍岸，当年卷起的千堆雪，当年的万千楼船，都去哪里了呢？

我在赤壁矶头下的乱石和泥沙中寻找着，这儿还有未被销蚀的战戟吗？

雄姿英发的周郎啊，我闻到了庆功的酒味，也看到了你在拔剑起舞。

风流倜傥的周郎啊，你边舞边歌："临赤壁兮，败曹公……刻二字兮，纪战功。"

英俊潇洒的周郎啊，我看到你飞身而上，剑指崖壁，电光火石之间刻下了两个大字：赤壁

1800 年后，我就是冲着这两个字而来到赤壁市的。

许许多多的人都是冲着这两个字而来的，这两个字也让原先的"蒲圻县"退回到蒲草丛中。

意气风发的周郎啊，面朝滚滚东去的大江，我内心里又涌起了你的《丈夫歌》："大丈夫处世兮，立功名……"

神采飞扬的周郎啊，就在这儿，万千个你在复活。

品关刀鱼

这么好听的名字，那是因为你和关公有缘吗?

关公的青龙偃月刀曾无意中滑落，是你冒死跃上船舷把刀顶了一下，刀才不至于掉到江中，于是你也得名，对吗?

关刀鱼啊关刀鱼，你也喜欢关公的美须髯?也喜欢美髯公的忠义双全，喜欢他的智勇兼具、勇猛善战?

关刀鱼啊关刀鱼，你肯定也听说过“过五关斩六将”，听说过“三英战吕布”，听说过“千里保皇嫂”?

关公曾为毒箭所伤，可他敢让华佗刮骨疗毒，他是多么坚强的人，他是多么勇敢的人。

关刀鱼啊关刀鱼，驰骋疆场、横刀立马的关公是你的偶像，也是我们民间的“武圣”啊!

关刀鱼啊，鲜嫩的你、清香的你、黄金一样色泽的你，让我回味无穷。

洞庭散曲（六章）

岳阳楼

“洞庭天下水，岳阳天下楼”。多少人慕名而来，我也是其中的一个。在人流之中登高望远，白帆点点的洞庭啊，此刻八百里的清风吹拂了我。波光粼粼的洞庭啊，此刻八百里的湖光照亮着我。什么时候，我看过这样的高远？什么时候，我看过这样的辽阔？那个一袭青衣的滕子京似乎未走远啊，那个吟诵“先忧后乐”的范文正公仿佛还在眼前。

“气蒸云梦泽，波撼岳阳城”，洞庭啊，此刻你撼动的是我的心。“不以物喜，不以己悲”，天地悠悠，人世沧桑，得失又怎样？一切不过是白云苍狗、过眼云烟。

一碧万顷的洞庭啊，气象万千的洞庭啊，你把我的疲倦洗去，你把我的心灵洗净……

小乔初嫁了

“遥想公瑾当年，小乔初嫁了。”小乔，小乔，绝色美人小乔，还有多少人惦记着你？还有多少人对你念念不忘？当年那个雄姿英发的周郎呢？怎么会让你一个人孤零零地在这里呢？昨天还不曾远去吗？我感觉那一双绣花鞋①还有余温啊，你的面容还是这样的桃色春光啊！

绝色美人啊，铜雀春深也罢，东风吹不吹来也罢，历史都不过是一阵风烟，江山从来依旧在，只有英雄美人的故事让人传颂……

八百里洞庭啊，我梦境的故乡

八百里洞庭，八百只鸟儿，不，八千只鸟儿、千千万万只鸟儿，在高飞，在盘旋，在降落，在静望，在谛听，在私语，在歌唱，在呼唤，在嬉戏……还有数不清的鸟儿正掠过湖面，或潜入芦苇荡，或飞离树梢。万千只精灵啊，这儿是寒冬里一个自由自在的家，一个可以抗拒风霜雨雪的家，这就是你们的天堂。

八百里洞庭啊，鹳的故乡，天鹅的故乡，鸿雁的故乡……也是我梦境的故乡。无数精灵啊，今夜我的心乘着月色和你们相会，我洁白的衣裙，我乌亮的长发，飘过芦苇丛，我就是在水一方的那一个人，没有人知道我和你们一样飞翔过，飞过千山万水，穿过暴风雨雪，也寻找我的天堂。

三醉亭啊，就让我醉吧

“三醉岳阳人不识，朗吟飞过洞庭湖”，那是吕洞宾的醉。我不喝酒也会醉，那是陶醉，陶醉于这湖光水色，陶醉于这大地山川。更陶醉于可贵的生命，陶醉于无敌的青春，陶醉于甜蜜的幸福！

三醉亭啊，我何止三醉？为过往的岁月，为此时此刻，更为即将到来的日子，就让我醉吧！为感动，为真诚，为快乐，就让我醉吧！醉过了，那些寂寞又算得了什么？醉过了，那些疼痛又算得了什么？醉过了，那些伤悲又算得了什么？

醉过了，更不需要人认识，今夜，我乘风飞过洞庭湖……

仙梅亭

“坚贞一片不可转，此是江南第一枝”，清人花湛露《书仙梅亭》这样赞美仙梅，可仙梅你在哪里？

在仙梅亭，我放目四处搜寻，小鸟从头顶掠过，只留下一声啁啾。我远眺茫茫湖水，只听见传来的阵阵涛声。

“岁寒三友”的梅，你在哪里呢？铁骨丹心的梅，你在哪里呢？迎风斗雪的梅，你在哪里呢？凌寒留香的梅，你在哪里呢？坚韧不拔的梅，你在哪里呢？

哦，坚贞的梅，高洁的梅，“就在最冷枝头绽放，看见春天走向你我”，费玉清的那《一剪梅》忽然飘过脑海，啊，无语的仙梅亭，原来，梅一直就在我内心里……

小坐怀甫亭

小坐怀甫亭，毫无疑问会想起一个忧国忧民的诗人，想起《茅屋为秋风所破歌》，想起“三吏”“三别”，想起劳动人民的疼痛和疾苦。诗圣啊，你穿越了吗？诗圣啊，网民说你很忙呢！

在一天里，你时而戴着墨镜，时而端起机枪，时而开着坦克，时而骑着白马，时而踩着单车，时而吃西瓜，你也吃洋快餐，还会拿着手机，也会变身摇滚青年……

诗圣啊，你为何这样忙？你还写诗吗？在今天这样的年代还写诗吗？再写就 out 了吗？

不，抒写波澜壮阔的新时代的诗歌，与伟大的祖国肝胆相照的诗歌，永远都不会 out！

注：①小乔墓，又名二乔墓，在岳阳楼北面，几经翻修，曾从中挖掘出一幅画像和一双绣花鞋。

君山写意（四章）

二妃[1]啊，你们的泪水打湿了我的心

我来的时候，天空正飘着毛毛雨，斑竹啊，这就是二妃的泪花吗？什么叫疼痛，爱的人走了，永不回头，这就是疼痛！

二妃啊，你们哭吧，我听到你们的哭声，飘飘袅袅，从遥远的远方传来，又像一阵阵风声轻轻地穿越竹林，追寻那个爱的人而去……二妃啊，你们哭吧，我不会劝停你们，因为此时此刻，任何的安慰都是苍白无力的。

二妃啊，你们哭吧，为那纯真的爱情哭吧，为那个远去的人哭吧。我看到你们扶着青竹而立，泪水沿着青青的竹子流了下来，也打湿了我的心……

柳毅井啊，我知道你深不可测

君山东麓中部，这个普普通通的井，我觉得它很深很深，可以通达洞庭深处，也可以通到内心深处。

柳毅哥哥啊，善良的书生，在今日谈情属奢侈的年代，我愿意是那个牧羊女，那个衣服破旧的牧羊女，那个神情凄楚的牧羊女，那个哀伤忧郁的牧羊女，请你把我的手牵上吧。今生，我一心一意为你织布，为你煮饭，为你奉献我全部的温柔和体贴……

善良的哥哥啊，我们牵着手吧，一起走过花好月圆和世事沧桑。

柳毅井啊，我看到井水不语，我知道你深不可测。

月老啊，我的祝福天地可鉴

君山的月老宫啊，我看到无数红布条挂在树上，我看到的是无数虔诚的祝福和祈祷。月老啊，你肯定会成全有情人吗？属于我那根红绳的那一头呢？飘向哪里了？我怎么还看不到？

君山的月老宫啊，我还看到亚洲最大的同心锁，多少老夫老妻在那儿照相，多少年轻的夫妻在那儿合影，多少情侣也在那儿留下了倩影！一把锁真的能锁住爱情吗？

一把锁真的能锁住心吗？同心锁啊，你告诉我，什么才是永久的？这些情侣们啊，如果是真爱，我祝愿他们长长久久吧！

野莲啊，你这纯洁的少女

蓝天碧水，野莲清香。这团湖的野莲啊，自然的，一定是纯洁的，像我故乡荷城那些少年的伙伴，那纯净的歌声、银铃般的笑声，就是一朵即将绽放的荷。

野莲啊，五月里你亭亭玉立，六月里你初长成，七月里你别样红。你纯洁的故乡的儿女，让我入梦，让我思念。我也是那一朵含苞的荷，夜夜站在水中央……

注：①二妃，即舜帝的两个爱妃娥皇、女英。相传四千多年前，舜帝南巡，两个爱妃娥皇、女英随之赶来，船被大风阻于君山，二妃突然听到舜帝已死于苍梧，悲痛欲绝，望着茫茫的湖水，攀竹痛哭，泪水洒遍了山上的竹林，遂成斑竹。不久，二妃忧郁成疾，死于洞庭湖，葬于山之东麓，为纪念二妃而改洞庭山为君山。

在秭归屈原故里（二章）

在屈原祠前，我和父亲敲响了大鼓

鼓声响起来了，伟大的爱国诗人，听到了吗？这是以“路漫漫其修远兮，吾将上下而求索”为座右铭的两个人，我和我父亲，敲响了你祠前的大鼓。

这当然不是端午龙舟节的鼓点，这是金秋十月的鼓点，敲响的是丰收的喜悦。听到了吗？我和我父亲的鼓声也许有些凌乱，可那崇敬却是真诚的。

“浮游尘埃之外”的人啊，你也看到了吧？秋日的艳阳高照，凤凰山下高峡平湖，“截断巫山云雨”的三峡工程犹如壮丽的画卷，在纯净的蓝天白云下静静铺展，那宏大的景象能不让人陶醉？

“举世皆浊我独清，众人皆醉我独醒”的人啊，你也闻到橘子的清香了吧？我母亲的手提袋里就有金黄色的橘子，这是你赞颂过的橘子，来到著名的柑橘之乡，我们能不品味这“后皇嘉树”结出的佳果啊？

“与日月争光”的人啊，敲响大鼓的时候，我同时也凝望了遥遥相对的三峡大坝，我相信，宏伟壮观的三峡大坝也会看着气势磅礴的屈原祠，看到重檐飞翘，看到圆形的风火山墙……

三峡大坝它也会知道祠内有一个人愁眉紧锁，体稍前倾，仿佛正在行吟泽畔，那正是开辟了“香草美人”传统的人。

“孤忠流芳”的人啊，浪漫主义文学的奠基人，你和三峡大坝，一个古老，一个现代，也会“相看两不厌”吧？

在青滩仁村，我也想喝点儿小酒

在青滩仁村端午习俗馆，我也想喝点儿小酒。这儿有蜂蜜桂花酒、高粱酒，我还未掀开酒瓮上红色的盖头，那酒香已扑鼻而来。

《楚辞·招魂》里说：“瑶浆蜜勺，实羽觞些。挫糟冻饮，酎清凉些。”那么，让我也来一小杯冰镇的糯米酒吧，那种清香和清凉的醇厚，一定让我陶醉。

《九歌·东君》中说：“援北斗兮酌桂浆。”那么，在这美好的金秋里，让我和亲人也举杯吧，这芬芳的桂花玉液琼浆，一定让我很难忘……

在青滩仁村端午习俗馆，如果一个美女品了屈原的酒，也会是“美人既醉，朱颜酡些”吗？

父亲叫我抱着酒瓮照相，他是不是也想喝一点酒？我知道，那是肯定的。

黄河，在我梦里流淌（外二章）

这就是黄河，在上游它平静而清澈地流淌，不动声色，宁静而致远，也许它早就知道，万里征途上会有惊心动魄的波涛。

这就是黄河，它势如破竹，劈开了陕晋万仞高山峻岭。看它惊涛拍岸，气吞山河，仿佛是一头在大地上作画的巨龙，蜿蜒而行，又昂首欲跃。壶口瀑布——黄河在这里更是以雷霆万钧之势，奔腾而来，咆哮而去。

这就是黄河，千百条溪流为它助阵，滚滚黄沙为它助势，所谓“九曲黄河万里沙”，日积月累，竟成悬河。悬河游荡，浊浪排空，波澜壮阔，直奔渤海之滨。

这就是黄河，它是我们的母亲河，黄河流域是中华民族的发源地。我仿佛看到百万年前的猿人，在黄河岸边捕鱼狩猎，繁衍生息，为黄河文明的诞生默默耕耘。我仿佛看到早期的智人敲打石器，驯养野兽，钻木取火。我仿佛听到了先民们焚林垦殖时的吟唱：“坎坎伐檀兮，置之河之干兮，河水清且涟漪。”他们拉开了黄河文明发展的序幕。我仿佛回到了成吉思汗的年代，回到了唐宗宋祖的年代，回到了秦皇汉武的年代，我看到了火药、指南针的发明，看到了造纸术、印刷术的发明，我也仿佛走进了唐诗、宋词、元曲的意境……

“俱往矣，数风流人物还看今朝。”我更看到今日的黄河两岸，古老的土地上，春光灿烂，鲜花盛开，一切都呈现出勃勃生机。这是生生不息的中华民族，把黄河文明，逐步推向了令世界瞩目的辉煌顶峰。

这就是黄河，千百年来它养育着中华儿女，也不可否认它决口过一千五百多次，历史上有过频繁的灾害，曾被称为“中国的忧患”，但我们依然热爱它。我们热爱它的绵延流长，热爱它的浩浩荡荡，热爱它的热血奔腾，热爱它的不畏艰险，勇往直前。

我想起了雄壮的歌声：“风在吼，马在叫，黄河在咆哮，黄河在咆哮……”它唱出的不仅仅是黄河的气势，更是中华民族团结一致，战无不胜，奋发图强的英雄气概。

怎能不爱黄河？怎能不爱它的沧桑，它的顽强，它的苦难，它的伤痕累累。怎能不爱黄河？怎能不爱它深厚的积淀，炽热的激情，慈爱的心胸。

这就是黄河，我枕着涛声而眠，它在我梦里、在我血液中流淌……

致敬，大漠中的沙柳

“大漠孤烟直，长河落日圆。”唐代诗人王维如果能穿越时空，再到沙坡头，也许他感受到的意境还会多些什么。我觉得那就是绿色的波浪——人造的绿洲，那是一望无际的沙海中坚强的生命力。这里面就有沙柳，它一丛丛地生长着，顽强地抗击着风沙的肆虐，也抗击着大漠上的寒冷和荒凉，给这茫茫沙海带来了无限的生机。

所以，我致敬沙柳！致敬这具有“五不死”特性的顽强的植物：它干旱旱不死、牛羊啃不死、刀斧砍不死、沙土埋不死、水涝淹不死。它没有高大的躯干，看似柔柔弱弱的样子，内心却是这样的坚强！风沙肆虐，它默默地承受；生存条件艰苦难耐，它毫无怨言；无论天寒地冻，风吹雨打，它都忠于职守，不离不弃地抵挡着沙丘，呵护着那点点绿洲。

所以，我致敬沙柳！致敬那些成簇聚集的沙柳，它们越长越密，根须可以延伸到100多米，一点点地把沙丘牢牢固住，形成天然的保护屏障。所以，我致敬沙柳！致敬大漠中的铮铮铁骨，这些坚强的脊梁团结在一起，就没有什么不可抵挡、不可战胜！

沙湖，大地的眷顾

这大漠中的湖泊无疑就是大地的眷顾，这儿每一滴湖水也许都已经过黄沙的过滤，这儿每一粒黄沙也许都得到了湖水的滋润。

大漠中的湖泊啊，飞过万里黄沙的鸟儿知道你的珍贵；吹过朔风冰雪的芦苇知道你的柔情。这大漠黄沙，粗犷豪放，这湖光水色，也让人感到苍凉大气。沙湖啊，不在江南，又比江南水乡多了一种壮阔。

沙湖啊，那千亩芦苇丛，迎风轻摆，簇簇翠绿，是否有位佳人，仿佛在水一方啊。那万亩荷花，莲叶何田田，鱼戏莲叶间，大漠深处也可采莲啊。穿行在万顷碧荷之间，我就是那个边唱歌，边采莲的女子啊。微风吹过，湖面万点金光，如诗如画，能不流连忘返？

夕阳西下，百鸟归巢，湖面沉静妩媚，我想起“落霞与孤鹜齐飞”的佳句。这时候，广阔无垠的黄沙大地，被晚霞铺上了黄金一般的地毯，我不知道是否有一场旷古神秘的大漠戏剧即将上演？

沙湖啊，大地把你眷顾，给你纯净，给你宁静，给你安详，给你灵气，我将把你带回我江南的梦里……

02 大地的回响

人祖山走笔（六章）

想起人祖山阻击战

当年的硝烟早已散尽，当年的枪炮声早已远去，现在我只听到鸟语欢歌，而风吹过，吹动野草和树木的风吹过，真的好轻，好爽。

当年修建的坑道和碉堡还在，石缝里长出的淡紫色野花正吐露着芬芳。当年的河山仍在，烈士鲜血浇灌的大好河山今朝更好看。

属于我们的，怎能让敌人践踏！我们祖先留下来的河山，敌人想抢占，只能让他们做梦！

历史会记住 1938 年 3 月 19 日的人祖山阻击战，126 名中国军人在此壮烈殉国，日军丢下 500 余具尸首后溃逃。

穿线架有优美的弧线

人祖山上有穿线架。有缘的人千里也能来相会。命中注定要在一起的人，隔了一条大山沟也能穿针引线——这就是伏羲和女娲。

我仿佛看到他们在大山沟的两边抛出了针和线，那针和线在山岚中画出了优美的弧线，恰到好处地穿在了一起——上天要他们结为伉俪。

而无缘的人坐在对面也不会相识。穿线架，穿线架，哪一天，谁也为我穿针引线吧。

滚磨扇像跳动的心房

人祖山上有滚磨沟，那一定会有石磨。一个完整的石磨有上磨扇和下磨扇，就好比一颗心有左心房和右心房，它们要跳动就会同步进行。

在人祖山，我的脑海里时不时闪现着磨扇滚下山谷，可是别说隔着一条山谷，就是隔着十条、百条山谷，隔着千里万里之远，这磨扇最终也能滚在一起，就如跳动的心总能互相感知、慢慢靠近直至融合在一起。

我想起我乡下老家的水石磨，我的祖父祖母一个推磨，一个往磨眼里装粮食，他们磨起了炊烟，磨亮了小鸟清脆的鸣声。

而在这人祖山上，伏羲和女娲他们合起来就是一个完整的石磨吧。人祖啊，你们推起磨来，大地春暖花开，莺歌燕舞，繁衍了万千人口。

卧云台上，伟大的母亲踏云而上

在卧云台上静卧，就可以到达云天吗？

卧云台，它可是补天台，那台上圆形和方形的石窝昭示着“天圆地方”。千千万万年的风风雨雨告诉我们，天塌下来有高人顶，我们美丽的远祖女娲，她就是高人！

天崩地裂，女娲她怎能容忍？洪水泛滥，女娲她也不会袖手旁观。毒虫猛兽残害百姓，女娲她决不会视而不见。这就是高人女娲，她有一颗慈爱的心。

在人祖山的浓密林荫下仰望天际，我仿佛看到女娲，她脚踏卧云台，正奔向颤抖的天空。当她把五色石子的石浆撒向残缺的天窟窿时，天边马上闪现出五彩的霞光，天地从此恢复了平静。

人祖啊，美丽的女神，你救民于水火，功莫大焉。

风门，神秘的风门

所有的风都从这里经过吗？风啊，你从哪儿来，又将到哪儿去？是从纵横交错的沟壑里来的吗，还是从蜿蜒的峰峦上来？

我听到松涛阵阵，淡淡的云雾飘过了风门；我听到万马奔腾，山梁仿佛巨龙般凌空起伏，游弋在蓝天白云之下。我知道，那里面一定有山花在吟唱，一定有白桦的欢呼，一定有松柏的掌声。

风门啊，神秘的风门，隐隐约约中我还听到了伏羲和女娲在窃窃私语。这时候，深邃的天空中别有洞天，缥缈的云霞中，彩凤翱翔，百鸟欢唱，那正是天上人间。

万年的伴侣，娲羲相依

在人祖山，我看见两块山岩，不，那是两个人，他们是伏羲和女娲，他们紧紧依偎在一起，他们毫无疑问就是万年的伴侣。人祖的根就在这儿，那根系伸向四面八方，延续至千秋万代。

这对深情的伴侣，他们还在仰观天上的风云变幻、雷鸣电闪，还在俯瞰地上的风霜雨雪、万事万物。我相信，他们看到了千万年后的现在，看到了在阳光中凝望的小小的我。

娲羲相依，根深叶茂。人祖啊，你知道，我就是无数根系中的一条根丝，请接受我深情的一拜！

安陆，我们有约（四章）

千年银杏，你在等我吗？

这千年的银杏，你这“东方的圣者”，是在等我吗？等了百年，你依然风华正茂。等了五百年，你还是风华绝代。等了千年，你还不曾老去！

秋风撒下金黄，金黄铺满道路。你布设了如此盛大的欢迎宴，一生就为一次遇见吗？经历过多少风雷，你如此宁静，任凭我欢呼雀跃！经历过多少雨雪，你如此平和，任凭我在你的辽阔中飞奔！

这金黄的岁月啊，不老的青春！你的气息漫过山冈，染黄层林，看啊，我还是前世的模样吗？

在你千年的誓言里奔跑，我的心如此震颤！在你千年的等待中抽泣，我的泪水如此甘甜！

致敬，银杏树王！

经历了三千年的风雨，这银杏树就是王，是王中之王！年产果实上千斤，这不是钱冲当之无愧的镇山之宝吗？

此刻，你皇冠上闪现的金光多么耀眼，又是多么的温和！王者啊，只有你才会有这样的参天巨冠，只有你才会有这样的飒爽英姿！秋天在这儿写下了诗篇，你卓尔不群的美让我沉醉！你永远年轻的不老传奇让我惊叹！

王中王啊，让我也围绕你转三圈吧，我相信你的福气也会泽及一颗年轻的心。

问候银杏夫妻树

相爱的人能够相互依偎，那就是幸福！有情人终成眷属，那就是幸福！能携手心上人走向天荒地老，那就是幸福！

在这金色的阳光下，让我大声地朗诵一个诗人的作品，她致的是橡树，我借用一下，致的就是这银杏夫妻树：

“……我们分担寒潮、风雷、霹雳；我们共享雾霭、流岚、虹霓，仿佛永远分离，却又终身相依，这才是伟大的爱情，坚贞就在这里：爱——不仅爱你伟岸的身躯，也爱你坚持的位置，足下的土地。”

此刻，秋风起，脚下的土地上万张轻扬的金叶在涌动。我知道，这不是生命和爱情在流逝，而是在轮回。我俯下身去，也把自己铺成了一片金叶。有约的人，一定会听到我的心跳！

读李白的《山中问答》

有人问诗仙，为什么住在碧山上，他笑而不答。如果有人问我，为什么喜欢银杏，喜欢“金色活化石”，我也笑而不答。

如果你有机会，你也应该到安陆去看看，看看那千万棵银杏，看看那雄伟的树势，看看那巍峨的树冠，看看那夫妻树、情侣树、子孙树、母子树，看看那春夏翠绿、深秋金黄的绝美风景！

诗仙说，这里别有天地，不是凡尘世界所能比拟的。我说，这里的宁静之美，灿烂之美，厚重之美，正是我所陶醉的。

安陆，安陆，“中华银杏市”，“国家银杏自然保护区”。我喜欢这儿的民谚：“四旁银杏树，等于大金库。”“东赚钱，西赚钱，不如门前白果园。”“银杏树，摇钱树，哪里栽，哪里富。”我更喜欢那些种植和热爱银杏的人！

如果我也长成一棵千年银杏，在等我的人还是你吗？

六月的龙栖地（外一章）

六月的龙栖地，万亩荷园，千万朵荷花已经盛开，在我到来之前，千万朵荷花已亭亭玉立。

在我到来的时候，又有千万朵荷花正渐次而开，它们仿佛千万个星辰在碧空中熠熠闪光。

万绿丛中的点点荷花啊，我喜欢那粉色的，仿佛有一点娇艳；我也喜欢那洁白的，那是多么的清纯；我也喜欢那红荷，那是多么的热烈；我也喜欢那绿荷，似乎有一点儿忧伤……

我喜欢的是碧绿丛中千万朵荷花都是这样的清净，千万朵荷花都闪着光。千万朵荷花啊，你们的馨香全为我而传送。

千万朵荷花啊，你们知道，我想寻找一朵并蒂的。在这万亩荷园，园里必有并根藕，而花中肯定有并蒂莲。

千万朵荷花啊，我知道，当我离开湿地，还会有千万朵蓓蕾要绽放，绽放在我梦里，让我宁静的梦也有星光熠熠，荷香吹拂……

万载龙栖地，我的诗意在高飞

那些飞上高空的鸟儿，会看见万载龙栖地的水系，就如同一条蜿蜒的祥龙，盘踞在无边的碧绿之中。

大明的“庐郡哲人”“天下一蔡”蔡文毅公，他肯定会知道，龙栖地，那是祥瑞之地，要不他怎会在此安息？

晚清名臣李文忠公也知道，龙栖地，那是无限的祥瑞之地，要不怎么会有“李家塘种包公无私藕”？

毫无疑问，这里是包公的“根”。当年从包河里长出来的藕，断而无丝——包公无私，包河的藕也无丝。

万载龙栖地啊，我听到阵阵的荷风在涌动，在万亩荷园深处，那汩汩而流的泉水声，就是传说中祥龙馈赠的“丁眼”泉吗？

万载龙栖地啊，那一条祥龙还在蜿蜒而行吗？而我的诗意在万亩的荷园上高飞……

走进青龙峡（二章）

秋日靳家岭

这是梦幻吗？秋日的靳家岭。

漫山遍野都红了，红得漫无边际，红得娇艳欲滴，红得惊心动魄！

这不是五角枫吗？这不是黄栌吗？这不是山楂树吗？这不是槭树吗？

这不是红桦吗？这不是紫叶小檗吗？这不是红杜鹃吗？这不是火炬树吗？

这不是槲树吗？这不是黄羊木吗？这不是紫叶李吗……你们一棵棵，一簇簇、一丛丛，全红了，红得层林尽染，红得浓淡相宜，红得如火似霞，红得姿态万千，红得雍容华贵，红得流光溢彩，红得五彩缤纷，红得让我恍惚是在梦中。

那层林尽染是秋日里盛大的歌唱，那是要把我融化的燃烧的激情。秋日的靳家岭，沐浴过多少雨露才能如此炽烈艳丽？呼吸过多少阳光的温馨才能如此妩媚妖娆？砥砺过多少风霜才能如此热烈奔放？经历过多少等待和盼望才能如此震撼人心？

靳家岭，秋日的靳家岭，醉人的青大河，起伏的群峰，凉风习习的沟崖峡谷，这是梦幻吗？亿万张红叶，亿万次歌声，亿万次掌声，我愿意跟随你们热烈地歌唱！

走进青龙峡

走进青龙峡，我是在千山万壑中行走，万千座山峰岿然矗立，万千座山峰各自宁静安详。

“仁者乐山”，我也是个仁者吗？行走在青龙峡山水画廊中的我，仰望群峰竞秀的我，随着峰回路转的我，远看烟云缭绕的我，近听鸟语欢歌的我，那是远离红尘喧嚣的我，那是心旷神怡的我，我也是个仁者了吗？

“智者乐水”，我也是个智者吗？行走在青龙峡青山碧水中的我，迷恋于飞瀑碧潭的我，欣赏九连瀑美妙乐章的我，惊看倒流泉神奇的我，流连于七彩潭和“石上春秋”妙不可言的我，那是饱览上善若水的我，我也是个智者吗？

青龙峡，重峦叠嶂的青龙峡，云萦雾绕的青龙峡，原始植物群落郁郁葱葱的青龙峡，流泉飞瀑如梦似幻的青龙峡，我从这里走进雄山秀水，走进神奇的大自然，这里让我阅尽原始的古朴，也感悟生命的律动……

走马蒲州大地（四章）

登鹳雀楼

我从来没有像此刻这样感觉到，唐朝是这样的近，历史的风风雨雨是这样的近，曾经上演的多少悲欢离合、繁华和落寞也是这样的近。

我仿佛听到王之焕雄浑深厚的声音，穿越唐宋风雨，明清烟雾，排闼而来：白日依山尽，黄河入海流……

我觉得自己的视野从来没有如此清晰，我看到蒲州古城大地回春，春花烂漫，生机盎然，黄河奔流，尽收眼底。

我觉得自己也从来没有看得如此遥远，我看到了千百年来的黄河两岸，那些翻耕土地的人，那些织造的人，那些养蚕的人，那些酿酒的人。

我们看到他们的风调雨顺，看到他们踩高跷、要狮子、划旱船、扭秧歌、跑竹马，热闹非凡。

我也看到他们的灾荒饥年，田地龟裂，颗粒无收；看到他们流离失所，饥寒交迫，走投无路；但我也看到他们不曾麻木的表情，从不放弃的眼神……

哦，我也看到了远古，看到了旧石器时代，看到那些群居的山洞，残存的火烬、烧骨、木炭，看到先人们捕猎野兽，捕捞鱼蚌，看到他们打制的石器，看到燧人氏的钻木取火。

我看到了教会人们结网打鱼、投矛狩猎的伏羲。南热北冷，他最先教会我们辨别东西南北。天上会长出云彩，地上会刮来大风，他让我们知道了五行八卦。

我也看到了炼出五色石补好天空的女娲。她以泥土造人，让人们去充实广袤的大地。她还和伏羲一起建立了婚姻制度。

我也看到了正在激战蚩尤的黄帝，看到黄帝请来的旱神女魃作法——天气放晴，旱热难当。我看到黄帝擒杀败阵南逃的蚩尤，画上了涿鹿之战的句号。我还看到黄帝播百谷草木，始制衣冠，他精通医术，又会制造车船，发明了指南车。

我也看到了许许多多逝去的风烟，看到了唐宋元明清，看到了许许多多的风云际会。

我看到了 1949 年一位伟人在天安门城楼上的庄严宣告，看到五星红旗迎风飘扬，看到万里长城在广阔美丽的土地上更加雄伟。

我看到了 1979 年一位老人在中国的南海边画了一个圈，看到伸向蓝天的高高的脚手架，看到原野上飞驰而过的高铁，看到在春天的阳光里，我穿着美丽的衣裳微笑地走进了花海。

哦，欲穷千里目，更上一层楼。我看到的是万古常青的华夏大地，今日更青翠、更生机勃勃。

看啊，蓝天高远辽阔，群山雄浑苍茫，蛰伏的螽斯在振振，无边大地瓜瓞绵绵，奔腾的母亲河浇灌了五千年华夏文明，自强不息的民族永远生生不息、源远流长。

谒黄河大铁牛

多少波涛汹涌你们聆听过？多少兴衰成败你们见证过？千年的沧桑，又如何埋没得了你们的风姿？

大铁牛啊，你们依然是如此的矫健强壮，依然是如此的威风凛凛，兵来将挡，水来土掩。

高大的铁牛啊，我想，如果我轻拍一下，说不准你们可以四蹄生风，随时出发，伴随我渡过波涛起伏、激流滚滚的黄河。

大铁牛啊，我也愿意永远伫立在你们的身旁，我也愿意永远像你们一样有力量，可以抗击人生的各种波涛浊浪，可以承载一切的繁华与寂寞，让岁月如歌，从不言败。

在普救寺想到崔莺莺听琴的样子

在普救寺，我想象着崔莺莺听琴的样子。这样美丽、聪慧的女子，这样深情、温柔的女子，这样深沉、含蓄的女子，梨花院的月色这样的淡，夜风是这样的轻，琴音如此的清脆，“其声壮，似铁骑刀枪冗冗；其声幽，似落花流水溶溶；其声高，似风清月朗鹤唳空；其声低，似听儿女语，小窗中，喁喁”。

真心相爱的人，才能读懂彼此；情到深处的人才知思念之痛；回忆依然是这样的温馨，却为何又这样让人忧伤而不能自拔？

“一日不见兮，思之如狂。”崔美人莺莺，听到这样的琴音，怎不泪水涟涟，怎不为情投意合的人，为热烈奔放的人，为真挚缠绵的人而感动？

茫茫人海，相遇就是缘分，觅得知音人，还有什么想爱而不敢爱的，还有什么禁锢和樊笼不能冲破？

莺莺啊，美丽的女子，叫我怎不激赏你、佩服你呢！缘定三生，有情人能成眷属，还有比这更重要的吗？

贵妃池

这就是美人昔日洗头的咸水潭吗？也许，只有这绿树环抱的地方才会有这清澈的泉水。

也许，只有这样清澈的泉水，才会把美人当年的秃头，洗出满头乌发，才会把纯真青涩的乡野村姑洗成出水芙蓉，洗得天生丽质，洗得光彩照人。

“回眸一笑百媚生，六宫粉黛无颜色”，在大唐，谁有杨家美女这样的风姿？

美人啊美人，这独头村里，没有“红尘一骑妃子笑”的权势，也没有“侍儿扶起娇无力”的奢华。如果你不曾走出去，怎会有后来的马嵬坡香消玉散？

可是，历史又怎么会有也许？来也匆匆，去也匆匆，难道有时候历史就需要红颜这样薄命？

天柱诗情（五章）

云端之上的天柱峰

天柱峰，如此的高远，我如何能抵达？如此的迷蒙，我如何能看透？谁的巨斧那么厉害，劈开了小天门？鬼斧神工的神秘谷，大石横陈，深洞中有没有藏着绝技秘诀？

“天柱一峰擎日月，洞门千仞锁云雷。”天柱峰，它在云端之上，看云卷云舒，日起日落。“奇峰出奇云，秀木含秀气。”眺望那弯弯的山道在云雾中走远，在密林深处消失，我问自己，远方究竟有多远？

“只说乾坤大，谁知立极功。”天柱峰啊，在云雾中沉静，那一块块千万年的巨大山石被山风吹白，它们是大山中不屈的头颅，又仿佛我长久的寂寞。

飞来峰上飞来石

飞来石，盖在飞来峰上，那么恰到好处。传说，它是太上老君从东海龙王处借来的镇妖石，镇住了兴风作浪的蛇妖和鳖精。它也能镇住人们内心的邪念吗？正与邪往往如绝壁雷池的界线，往前一步，万丈深渊，退后一步，海阔天空。飞来石啊，你不会走吧？

我更相信，这飞来石，它飞来了，不走了，因为这儿有青山罗列，有云蒸霞蔚，有碧绿的湖水，有松风竹雨，有清新脱俗。如果静静倾听，还可以隐约听到龙吟虎啸。

我是巨石的膜拜者，很想轻轻一跃，飞上云雾中的高峰。

天柱山的灵魂

云雾是天柱山的灵魂，它仿佛曾在我梦中缭绕。它是每一块石头的梦的衣裳，它为每一棵树、每一株小草和每一朵花儿披上了梦的轻纱。它在每一条蜿蜒的山路、每一段通向蓝天的云梯和每一条起伏的溪涧中若隐若现，仿佛远去的鸟鸣声和阵阵若即若离的山风。

此刻，我的思绪已轻轻地穿过了一线天，在天柱峰上若有所思，也飘过了渡仙桥，“人到桥头皆是仙”，这时候我的身躯好像也轻了许多。我在天池峰上流连，想想过往的日子，那是多么的短暂！百年之后，我愿意是云雾，和大地山川依依不舍。

郁郁葱葱天柱松

天柱松，云雾中的天柱松，我相信你吸了天地之灵气、日月之精华，才在巨石岩缝中长得如此有精神，如此生机勃勃、郁郁葱葱！

天柱松啊，岩石抱紧了你，也扶持了你。那危岩绝壁隙缝中爬行着的松根，有的似龙爪，有的似虬龙，那梦的根须，正四下寻找着滋润绿色的养分。

有的天柱松的根长得竟然要比主干还粗壮，那是为了坚定地立身于这高入云天的山巅石壁！

这就是天柱松，倚着危岩巨石悄然成长的天柱松，它们注定要经历无数次狂风骤雨、霜雪雷电的考验，倒伏了继续生长，躯干折断了也没什么大不了的，只要根还在，就能在氤氲的雾气中长出新芽、新枝！

山高水长的九井河

山不转水转，水转了才有飞瀑幽潭，才有潭深如井，才有珍珠井、吊罐井、风井、云井、龙井，才有梁公泉、水帘洞、雷井、天井。有了井，才有风清气爽，这便是天柱一绝的“九井西风”——它让人清爽阵阵、乐而忘返。

山高水长的九井河张扬的是天柱山的青春和活力，它从石隙岩缝中走来，从竹木草树的掩映中走来，从云雾的缭绕中走来，绕过山石的阻隔蜿蜒而来，从高岭云端上倾泻而来，时而如风、风起云涌，时而似龙、龙飞凤舞，时而如雷、雷霆万钧；时而像卷起的万千飘雪，时而像抛下的无数珍珠，时而像飞舞的彩练，时而像奔跑的马群，时而像倾泻的银河……九井河流淌着无限的光风，令人目不暇接。

每个井啊，都是一颗跳动的心，都是一个歇息的梦，每个井都照亮了我的眼睛。九井，九井，每个井的大小形状都不同，就如同每个人都有不同的故事，有的平平淡淡，有的跌宕起伏，有的精彩纷呈，有的曲折离奇，有的神秘莫测。共同的是，它们都带着山花的祝福，带着山林的叮咛，都走过了一段不平凡的路，都终归要汇入奔腾不息的大河……

舟曲的诗意画卷（七章）

东山，璀璨的灯火旋转着芳华

万千灯火亮起来。那是红火的宫灯，那是多姿多彩的八卦灯，那是栩栩如生的金鱼灯。

那是活灵活现的鸡鸭灯，那是五彩缤纷的蝴蝶灯，那是鲜艳娇美的百花灯，那是呼之欲出的水果灯。

听，三眼炮射向了星空！喧天的锣鼓和唢呐也响了起来，转灯的人背起了灯笼，他们手持的火把照亮了欢声笑语。

舞起来吧，唱起来吧，不熄的烟花绚烂着夜空，璀璨的灯火旋转着芳华。

转灯道场上，我们在转，转出我们铿锵有力的步伐，转出岁岁的平安快乐，心想事成，也转出我们对祖国的深情祝福，转出年年的风调雨顺、国泰民安！

让我从“婆婆”轿下钻过

让我从“婆婆”轿底下钻过，那是正月十九的“迎婆婆”，那是头戴凤冠、身着蟒袍、雍容华贵的“婆婆”——

她是三宵圣母、百子娘娘、送子观音、女娲娘娘，是一切的慈悲为怀，是源远流长、助人成事的神。

少年，你只管打着金瓜钺斧朝天镫，还有乾坤圈、芭蕉扇；唢呐手，你最好一鼓作气，不要停下来。

抬圣辇的人，彩旗、宫灯、仪仗队为你开路。烟花照亮了古老的行程，照亮了藏乡的千家万户。

也让我从“婆婆”轿底下钻过，从震耳欲聋的爆竹声中穿过，从此我万事随心、祛病消灾……

她们头上插着艳丽的山花

五月的博峪河畔，阳光灿烂，山花盛开。美丽的藏族姑娘，她们痛饮了山泉的芬芳，头上插着一朵朵艳丽的山花。

这些花枝招展的采花姑娘，她们的山花带着泉水的甘甜、篝火的欢乐、晨露的圣洁，她们就是幸福吉祥的使者。

这些笑逐颜开的采花姑娘，这些喜气洋洋回到村庄的藏家女儿，这些得到长者祝福的女神们，她们在清脆的马铃声中翩翩起舞。

我看到旋转中的枇杷花露出黄金一样的笑脸，我看到火红的杜鹃花幸福地燃烧，我看到粉红的马兰花荡漾着青春的浪漫，我看到红艳的芍药依依不舍……

圣水啊，请滋润我的心田

圣水，昂让雪山的圣水从天而降，降在鸟语花香的崖峰之下，降在煨桑升起的烟霭之中，降在奠酒袅袅的酒香之上，降在朝水节喊瀑的呼唤声中，降在载歌载舞的欢乐中，也降在我的头发上，降在我的脸面上，降在我的心田上。

看啊，盛大的“乐乐舞”掀起了欢乐的海洋。天神在雪山上的云端中微笑。“曲纱”圣水中早已撒有仙药。

那是多么凉爽的水啊，它净化着身心，让人神清气爽；那是多么清甜的水啊，它消灾赐福，让人心旷神怡！

圣水啊，昂让雪山的圣水，让我穿梭在飞瀑之下，沐浴在流泉之中。请一遍遍地滋润我的心田，让我粗犷与豪放，让我欢乐和无忧，让甘南大地五谷丰登、六畜兴旺！

拉尕山，世外的桃源

那是一匹神勇的骏马，旷世英雄格萨尔王降魔除妖时骑过的骏马。那是上天赐予的翡翠，静静地镶嵌在白龙江南岸的大地之上。

那是神仙喜爱的地方，拉尕山，梦中的香巴拉，草原上野花点点。那是山中的圣地，森林奇石中飞瀑叠翠，藏羌风情目不暇接。

我漫步在宽阔的草坡上，清风拂面。我穿行在茫茫的桦树林之中，树梢顶上的羊群在苍穹中奔跑，我仿佛已走近了世外的桃源……

在翠峰山上听松涛

白龙江如一条飘逸的哈达，在峡谷蜿蜒而去。万壑松涛从雷古山南麓的群山中逶迤而来，奏响了大自然的乐章：

那里有山溪的涌动，有野花露出了笑脸，有小鸟儿的啁啾，有嫩芽睁开了眼眸，有树脂散发的清香，有云朵在聚散……

参天耸立的古松树下，我在静听松涛。听松涛在翠峰的峭壁悬崖间轻鸣；听松涛穿梭于一线通幽；听松涛在松林掩映的翠云寺中绕梁不散。

那是怎样的清爽啊！我俯瞰舟曲县城，仿佛也听到了松涛隐隐约约在鳞次栉比的楼宇间传送。

这天籁之音，如时光穿过空寂，传至了我的内心，也如熠熠的星辰和我私语，那种清越多么纯净而又幽远……

漫步泥石流地质灾害纪念园

我想起 2010 年 8 月，我仿佛看到了当年汹涌而下的泥石流，也仿佛听到了慌乱中的呼救声和婴儿的啼哭声。

藏乡的江南，美丽的泉城。水源地三眼峪，肆虐的洪流，为何要把梦揉碎，揉成了满目疮痍，揉成了一道道伤痕？

“全家就剩我一个，不坚强怎么行！”这是 18 岁幸存女孩曾艳群的话，灾难中她失去了父母、哥哥。

我也想起了那个 12 岁的最小志愿者何洁，她踏着泥泞的道路帮忙搬运物资。

我也看到了许许多多在救灾中勇往直前的身影，那是舟曲人民和救援大军万众一心、团结一致，用大爱抒写着抗洪救灾精神和刻骨铭心的感人故事。

漫步泥石流地质灾害纪念园，仰望着泥石流纪念碑，我仰望的是电闪雷鸣、疾风骤雨远去之后的湛蓝天空。

而湛蓝天空之下，是现如今繁华的街道，是日新月异的新城……

吉祥的甘南（六章）

尕海风景画

深邃的蓝天，纯净的白云，静若处子的尕海，就让时光从此慢下来吧，就让时光凝成一幅千年的风景画。

这些白鹭、天鹅、雁鸭啊，这些数不清的水鸟们，千年后的人们，还会看到你们在美丽的画里栖息，在纯净的白云下盘旋，在野花草丛中起落，在湛蓝的尕海上掠过，在静谧的大自然中自在鸣唱。

还有这些五颜六色的野花，散发着阵阵清香的野花，你们伸展到遥远，伸展到天边，成了蓝蓝天空上的繁星点点。这些细小安静的野花啊，你们知道，我也是其中的一朵，千百年来，我们在宁静的高原上遗世独立、心旷神怡。

醉人采花节

夏日的甘南，花团锦簇。火红的杜鹃，洁白的枇杷，粉红的马兰，红艳的芍药，金黄的菜花，多彩的格桑花……这醉人的采花节，哪个花神不在召唤?!

美丽的姑娘啊，让我们穿着节日的盛装，帅气的小伙啊，别忘佩带漂亮的腰刀，让我们载歌载舞，走进草原，走上山冈，走进花的海洋中，走进阳光和鲜花的芬芳之中。

还有什么花儿比花神祭节上的花更美？这女儿的盛会，哪个女儿不洋溢着青春的风采？哪个女儿不笑靥如花？哪个女儿不唱着心中最动人的歌？哪个女儿不是一朵最美丽动人的花儿？

让我们“抢”到最甘甜的山泉，从这一天开始，让我们用那清净的泉水洗去一切烦忧。唢呐啊吹起来，鞭炮啊响起来，篝火啊，早已映红了你年轻的脸庞，心上那人啊你饮酒了吗？来啊，把这一朵有点儿伤感的花儿采走吧，让我们为明天祈祷，为幸福和美满祈祷！

漫山遍野的花丛啊，见证着岁月的芳香！

香浪漫过我的心野

香浪漫过来，那是夏日青草和野花的气息，是牧民们的淳朴、开朗和热情，是悠扬的歌声和飘动的五彩经幡，是奶茶和酥油的味道，是牛羊肉和青稞酒的醇香。

香浪漫过来，从锅庄舞步中漫过来，从灿烂的焰火星光中漫过来，从熊熊燃烧的篝火里漫过来，从天籁般的歌声中漫过来。香浪，采薪。采薪，香浪，现在我们不砍柴，而是在鲜花盛开的草原上酿造欢乐，采摘欢乐。

香浪漫过来，鲜花在怒放，这醉人的时刻，天上有多少云朵，草原上就有多少帐篷。

香浪漫过来，一浪高过一浪，这欢乐的时刻，绿草之间有多少花儿，草原上就有多少笑脸。

在桑科草原上信马由缰

到哪儿寻找这样的辽阔？到哪儿寻找这样的碧绿？美丽的桑科草原啊，就让我在这儿策马扬鞭，纵情驰骋于蓝天白云之间。

无尽的碧绿啊，如此的纯粹，是为我的随意奔腾铺展无边的绿色地毯吗？远方涌过来的朵朵白云，它们是这样的洁白，这不曾浸染过半丝半毫的俗世气息，我静静地呼吸就可拥有吗？

遍地的野花啊，我闻到了清香，你们听到我的歌声了吗？款款而过的大夏河，我听到你轻声的呼唤，你欣赏我深情的吟唱吗？

一望无际的大草原啊，我奔跑的马儿，你累了吗？停下来歇歇脚吧，躺在柔软的草地上，那是多么温暖和舒适。蓝天白云下成群的牛羊啊，这水草丰茂的地方永远是梦里的家。

黄河在玛曲回了个环

黄河眷恋着玛曲，要不，它不会在玛曲大草原上突然回环——那是深情的回望。这款款深情，造就了秀美绝伦的“天下黄河九曲十八弯”。这款款深情，如此的纯净，看啊，这深情孕育的水草也如此茂盛，清新的空气中泛着花的香。

这西麦朵合塘草滩上盛开的黄色小花，不是金莲吗？金光灿灿绵延数十公里，放眼望去，多么赏心悦目。这铺天盖地绽放的天蓝色的花儿，不是龙胆花吗？这一片如诗如画的蔚蓝色，也那么让人陶醉。再看那秀美的峡谷、宁静的森林、幽静的湖泊，何处不让人流连忘返？

古老的黄河啊，你在玛曲回了个环，在这里你如此矜持而安静，又如此清秀而纯洁，你仿佛就是上天馈赠给玛曲的一条洁白的哈达，轻轻飘落在一望无垠的碧绿大草原上……

清幽大峪沟

大峪沟仿佛就是大自然的深闺，那些随山势起伏的原始森林在这儿自在地生长，那些坚韧的杉林、松柏和野花们静静地散发着清幽。我在流水潺潺的沟底仰望蓝天，而高山草场在树顶边上的坡地蔓延。

有谁知道，这原始森林里潜藏多少溪涧、碧潭？树木如此眉清目秀，那是清爽的空气和清凌凌的流水滋养的吗？又有谁知道，这原始森林里有多少鸟雀欢歌？在这样清静的地方筑巢，那些随处可拾的野果还用去哪里寻找？

又有谁知道，那些深山石壁，那些天然的画屏，可以构成多少幅画卷？大峪沟啊，让我数数那九条支沟，那是云江峡、旗布峡、桑布沟、阿角小沟、阿角大沟、燕麦沟、扎崖它沟、巴什沟、涅座沟，它们仿佛一把巨大的扇子，任凭大自然的浓墨重彩，在扇面上绘出无数的奇山异水。大阿角，小阿角，你们是走在薄雾中的两姐妹吗？清风正吹开你们的神秘面纱，你们的似水柔情汇成了阿角河，我看到你们正为鸟儿的清幽鸣唱而伴舞。

清幽的大峪沟啊，我随碧波荡漾的洮河穿越，苍翠茂密的林木把我簇拥。清凉的甜梦里，我已融入这奇山秀水之中……

井冈山抒怀（三章）

如梦黄洋界

“黄洋界上炮声隆”。那“隆隆”的枪炮声，随着蜿蜒的山路在我心底慢慢地响了起来，又仿佛是那从远方飘过来的云雾，在阳光中逐渐消散。

黄洋界，那崎岖、陡峭的挑粮小道上，我看到的是峰峦叠嶂，群山奔涌，看到的是挑粮的艰辛和困难。而当年，伟人看到的是希望，看到的是“星星之火，可以燎原”，看到的是小路通向天下。

黄洋界，我看到的是人间仙境，是白云的故乡。我看到草树繁花，万木葱翠，我看到白云在山峦间铺展，我看到群山在白云的汪洋大海中漂浮。这高挂的悬崖、耸立的峭壁，以及当年的哨口、炮台和战壕，此时此刻多么沉静，仿佛已远离了一切喧嚣。

黄洋界啊，纯净的高山、去留无意的圣洁云彩，战火洗礼过的常青树，一切都是这样年轻，永在的大地山川，昨日的经历仿佛如梦……

漫山遍野杜鹃花

漫山遍野的杜鹃花，是五月里最亮丽的风景。

在这十里杜鹃长廊里徜徉，我情不自禁地想起了那首歌：“夜半三更哟盼天明，寒冬腊月哟盼春风，若要盼得哟红军来，岭上开遍哟映山红。”杜鹃花啊，英雄的花！多少故事，扣人心弦；多少情节，惊心动魄；多少热血，甘洒大地。杜鹃花啊，你朴实而平凡，但热烈奔放。你静默地开放，但坚定而从容。

漫山遍野的杜鹃花啊，当年你曾与猎猎战旗交相辉映，你见证了激情燃烧的光辉岁月。你开得这样从容，是因为你经历了艰苦卓绝？你开得这样灿烂，是因为你经历过严霜？你开得这样芬芳，是因为你经历了硝烟战火？你开得这样美丽纯粹，是因为澎湃的热血荡涤？

漫山遍野的杜鹃花啊，我要尽情地歌唱你，歌唱你火样的热情，高山瘠土里你顽强生长，狂风暴雪摧不垮你坚强的意志，我看到你的坚韧不拔和坚不可摧。

漫山遍野的杜鹃花啊，这一片鲜红闪耀了大江南北。我看到蓝天白云下，五星红旗高高飘扬！我更看到今日的祖国日新月异，伟大的中国梦就如漫山遍野的杜鹃花一样，正伸展出最美丽的花枝！

致敬，井冈山的翠竹

致敬，井冈山的翠竹！那永远青翠挺拔的竹子，是革命的竹子。那无边的竹海就是浩瀚的青纱帐，我仿佛看到了当年的红军战士在竹林中闪过，他们出其不意地打击了敌人。

我仿佛看到了黄洋界保卫战中的硝烟，那五里横排埋下的竹钉让敌人胆战心惊。我仿佛看到了竹竿上的猎猎战旗，“山下、山下，风展红旗如画”。我仿佛看到了当年红军的竹竿火把，照亮着崎岖的山路。我仿佛看到了毛泽东和朱德挑粮食的身影，他们的扁担就是井冈山翠竹的竹板。我仿佛看到了小小的竹排江中游，滔滔江水向东流……

井冈山的翠竹啊，你的绿是这样的明净，这样的深邃，无论春夏秋冬，你总是挺拔向上，傲然而立。你咬定青山不放松，越是风吹雨打，你越是奋发向上；越是冰雪严寒，你越是青翠挺拔。井冈山的翠竹啊，你在中国革命的史册上写下了美丽的诗篇。

行走在井冈山茫茫的竹海之中，我仿佛听到了竹林中响起的“噼噼啪啪”的声音，我知道那就是竹子拔节的声音，我觉得我也在拔节，内心坚强的力量在滋长。我觉得我也清新起来，身上的俗气仿佛也被徐徐清风吹去了许多。井冈山的翠竹啊，我也要做一根富有生命力的竹子，不屈不挠，虚心向上，永远苍翠。

庐山之恋（六章）

叹庐山恋

我来的时候，恰逢大门紧锁。可我知道，《庐山恋》的故事还在继续，在云雾中继续。

在旧故事里，郭凯敏和张瑜，他们依然年轻，依然是我父母辈的“梦中情人”。

此刻，晨雾潜入了影院，我知道，庐山流淌的云雾会闪亮着郭凯敏和张瑜的青春忧郁。

我也知道，庐山瀑布上的彩虹也会映照着敏和瑜的纯真笑脸。仙人洞、含鄱口、芦林湖……哪儿没有青春的期盼？

我想起王实甫在《西厢记》里的慨叹和呼唤：叹人间真男女难为知己，愿天下有情人终成眷属。

敏和瑜，故事中花样年华的耿桦和周筠，庐山的云雾依旧，你们一切可安好？

眼前的薄雾似轻纱，也如诗画。我只感叹，一部影片，也能成为一个固定的旅游项目。

赏山涧桃花

这山涧的桃花也是白居易当年看过的桃花吗？

这雾里看花，一朵朵如梦如幻，忽高忽低，有的触手可及，又仿佛随时会在雾气中飘走。

这雾里的桃花，有的粉红，有的粉白，有的仍含苞待放，仿佛有些羞涩，所以才在雾里“犹抱琵琶半遮面”？

平地上的芳菲早已落尽，而山上的桃花才刚刚盛放，这桃花，怎会不是诗人喜欢的桃花呢？

雾里的娇艳欲滴啊，雾里的妩媚动人啊，在这摇曳多姿的季节里，四处寻觅的诗人怎会不喜出望外呢？

春天在哪里？就在这里，也一直在自己的内心里。

观三叠泉瀑布

“飞流直下三千尺，疑是银河落九天。”谁不被庐山瀑布的磅礴气势所震撼？

迷雾中的山林是一幅幅天然的水墨画，可那迷雾中若隐若现的山崖到底有多高峻？

迷雾中的直通深谷的台阶，仅仅一千四百多级吗？而我竟然能够在不知不觉中就这样走过？

迷雾中的坐滑竿的人，或者抬滑竿的人，有没有谁的膝盖、脚步在颤抖？

迷雾中的白练从云端飞流直下，仿佛临空而挂，又何止三千尺？

迷雾中的我，湿漉漉的头发和脸颊上全是汗水、细雨，也是雾水吗？

“不到三叠泉，不算庐山客”，我从迷雾中走来，又在迷雾中离开，也算是庐山客吗？

迷雾中蜿蜒而去的台阶有多曲折？浪漫主义色彩的“日照香炉生紫烟”有多美妙，我还没有看到。我也是庐山客吗？

迷雾中的三叠泉啊，神奇的庐山瀑布，我知道你会等待着我，在阳光灿烂的日子里等着我。

我知道，那时候你将为我映照彩虹，为我飞珠溅玉，为我婀娜多姿……

听梵音泉

脚步声放慢一点，再放慢一点，我想听听这梵音泉的梵音。

是泉水在汩汩而流敲动着木鱼吗？这山石、这大地就是木鱼吗？

树上的猕猴，刚才你也在闭目静听，你也是在听梵音吗？

那汇聚的泉水，奔腾的溪流，飞跃的瀑布，它们的无拘无束，它们的坦荡襟怀，它们的携手包容，它们的不知疲倦、勇往直前，它们的波澜壮阔、永不停息，猕猴，你也感知到了吗？

在梵音泉许愿池，我也许下一个心愿，但愿一切心想事成。

进仙人洞

“天生一个仙人洞，无限风光在险峰。”没到洞口，我就听到有老者在吟诵毛泽东的诗句，精神抖擞的老者用微笑感染着我。

“仙踪渺黄鹤，人事忆白莲。”这横卧山中的“蟾蜍石”，它伸腿欲跃，也想像仙人一样飞走吗？

蟾蜍石上那一株石松，迎风挺立，生机盎然，千百年来，它纵览了多少云飞云往？

“古洞千年灵异，岳阳三醉神仙。”剑祖剑仙纯阳子，吕大仙，您当年修炼的道场如今游客驻足，人来人往，云端中的您可是在微笑？

“山高水滴千秋不断，石上清泉万古长流。”洞穴深处，那千年不竭的“一滴泉”还在“叮咚，叮咚……”吕大仙，这是仙人洞的心跳声吗？

吕大仙啊，这时候我也想学您沽一口葫芦酒，再挥剑起舞，当年您“朗吟飞过洞庭湖”，现在我只想踏过每一道山涧峡谷、登上每一座奇峰巉岩……

在大天池

大天池在哪？在海拔 900 余米的天池山顶。

大天池有多大？上千亩，还是上万亩的水面？

其实它很小，只是个宽 3 米、长 10 米的小小水池，但小水池也有大乾坤。

大天池曾经是天池寺的放生池。天池寺，初为晋僧慧远所建，原名峰顶寺。宋嘉定年间重建后改称天池院，其规模宏大，后毁于兵火。

明太祖朱元璋称帝后重建该寺，赐名“护国寺”；明嘉靖年间又重修，额匾题为“庐山最高处”“天池大观”。

几经重修的天池寺，当年的真面目如何呢，为何如今我看到的只是遗迹？

一泓碧水的大天池，那悠然自得的锦鱼是当年放生的吗？当年放生的人又到哪里去了？都在云雾中漫游大千世界吗？

当年，王阳明卧在文殊台上，他看到“散落星辰满平野，山僧尽道佛灯来”。如果今夜月明星稀，我留在这儿也会看到深谷中的星光闪闪吗？

浓雾中的九奇峰、石门涧、龙首崖、白云峰啊，我看不见你们的真面目，也是因为“身在此山中”吗？

大天池，为何你很小很小？

醉人的池州（六章）

烟雨中登九华山

“九华一千寺，撒在云雾中。”这群峰连绵、天河挂绿水的九华山，它正以江南迷蒙的烟雨拥抱着有缘的我。

登插霄峰，穿闵园竹林，上天台峰，“奇峰一见惊魂魄”，道场上梵音袅袅，如织的游人里我是一个左顾右盼的人。

看精瘦的挑夫在雾气中若隐若现，湿漉漉的山径上有情人虔诚地锁上同心锁，留下肉身的高人，他们早就坐在云端之上。

杏花村，让我也醉了吧

杏花村之美，美在诗意，美在醇醇的酒。可我想象的杏花村，不只是芬芳的杏园。杏花，杏花，她也是村里最纯朴的姑娘。

此刻，寂静的杏园里，杏花正在微雨中绽放。美丽的杏花姑娘没有撑雨伞，她回眸一笑，那带着水珠的片片洁白的杏花就纷纷扬扬。

我陶醉在千年的诗酒里，黄公酒温热了吗？让我也喝几杯吧，等一会儿我还要拜访老杜家，有了酒味，我也好大方地敬几杯杏花村三圣[①]。

万千只鸟儿一起停在升金湖

万千只鸟儿停在升金湖，我惊叹，我欢喜，我幸福。它们时而掠过湖面，时而冲上云天，时而飞入树林中，我听到它们唱歌、欢笑和耳语。

“雁过也，正伤心，却是旧时相识。”伤心的只是李清照，而不是万千只鸟儿和我。我的心里早已长出了飞翔的翅膀，在蓝天里翱翔。

这美丽的宁静家园里，我有时会像鹭鸶一样展翅，我有时会像黑鹳一样快步凌空而起，优美地翻飞。我更喜欢像白头鹤一样梳理羽毛，准备下一程的高飞。

百荷公园让我流连忘返

湖光水色的百荷公园是让人流连的精美水彩画，那一泓碧水映照着垂柳、小桥、古塔和新楼，柳丝拂我面，清风弄我影，长堤蜿蜒似我心事。

风情万种的百荷公园，当然会有我喜欢的荷，它们正在这夏日的阳光里竞放，碧绿中更显高洁，荷风阵阵，荷香醉我。我的脸上也泛起了红光吗?

曾记否?那一年我们在故乡采莲，莲叶何田田，我们像鱼一样戏在莲叶间，雨忽然就飘飘而下了，我们躲在两片相连的莲叶下，那情景仿佛就在昨天……

齐山是秀美玲珑的俏佳人

齐山别有洞天，可谓山不在高，有仙则名。我仿佛看到尘土满征衣的岳飞，“特特寻芳上翠微”。《齐山岩洞志》显示的深厚文化底蕴就是齐山的“仙”。

齐山一面青山三面湖，可谓水不在深，有龙则灵。我仿佛看到李白、杜牧、陆游、包拯，看到无数文人墨客，流连于这湖光山色之中，他们都是大名鼎鼎的人中之龙。

齐山，独特的人文景观和自然景观在这儿交相辉映，你不但有江南的清新明丽，也有皖南的质朴自然。陆游说，齐山景物绝佳。我说，它是秀美玲珑的俏佳人。

清溪清我心

“清溪清我心，水色异诸水。”李白称赞过的清溪河，它是风光旖旎的画廊。那源于佛教圣境九华山的河水，波平如镜，两岸特色的徽派建筑，这都见证着历史的沧桑。

清澈澄明的清溪河，盈盈一水宛如一条轻柔的玉带，将清溪河沿岸十多个景点环绕怀中，串成画卷。那南湖烟柳，岁月如流，清溪映月……何处不精美绝伦。

我徜徉于清溪河畔，在形态各异的桥梁、牌坊中穿行，在诗意流淌的诗画墙边默默行吟，自己也觉得诗意起来。

清溪河，那久远的历史，独特的人文，果真是“清溪清我心”！

注：①杏花村三圣指李白、杜牧和萧统。

眉山恋曲（四章）

印象眉山

天府之国成都平原的西南，岷江的中游，那儿是眉山。它好似水汪汪的眼眸，深邃的背后是有一千多年的眉州。

历史文化名城眉山，是中国历史上著名的“进士之乡”，近九百名进士如熠熠星光，闪烁在宋朝的天空。

“自秦以下，文莫盛于宋。”在眉山，我梦回了大宋。大文豪苏洵、苏轼、苏辙的故乡就在眉山，著名的唐宋八大家，眉山轻而易举就占了三个。

国家园林城市眉山，那是中国的长寿之乡。山峦环抱，修竹茂林，清溪逶迤，彭祖和他的女儿曾在这里生息、修炼。

“熊经鸟申，为寿而已矣。”太平日子，美好生活，谁不想长寿？彭祖山，那是中华养生文化第一山，我到这儿就是要学一学长寿始祖的养生秘诀。

“若作和羹，尔惟盐梅。”在眉山，来碗泡菜如何？这儿可是中国泡菜之乡。还会有哪儿的泡菜比这里的正宗？

风水宝地眉山，“因峨眉山为名也”。这儿还是中国优质稻米之乡、脐橙之乡、竹编艺术之乡，举目四顾全是一首首的田园恋曲。

看啊，在这绵绵的春雨里，岷江和青衣江在淡雾中如双瞳剪水；梦境般迷蒙的大地上，庄稼和竹木在凉风吹来的清新和芬芳中，传神动人……

游眉山三苏祠

“一门父子三词客，千古文章四大家”，我能不佩服？我佩服得五体投地！

雕梁画栋三苏祠，山不在高，可绿水萦绕，花木扶疏；水不在深，可荷池相通，曲径通幽。

“凝练老泉，豪放东坡，冲雅颍滨”，这是一个家族的荣耀，也是一个朝代的荣光。

这不是苏宅古井吗？源远流长的井水啊，肯定很甘甜，要不怎么能滋养出一家三词客？

这竹林中的墨池，我还能闻到醇厚的墨香。竹影下，我仿佛看到当年那个只顾专心攻读而误认墨为糖的人，我也看到了那个想“把酒问青天”的人，看到那个“遗墨消磨顾陆余”的人，看到他们雄健的笔势恣肆纵横，掀动了竹风阵阵……

典雅清秀的三苏园啊，书香四溢的地方，养浩然正气之处，苍劲的老树枝繁叶茂，传来啁啾的鸟语。

楼台亭榭隽永着宁静的典雅和古朴。“往者不可谏，来者犹可追”，读书的我也在此“养气”一下吧。

在眉山吃东坡肉

“慢着火、少着水……火候足时它自美。”这是东坡先生炖肉之奥妙。眉山的老板娘，你炖的东坡肉也是慢火伺候吗?

“每日起来打一碗，饱得自家君莫管。”这么美好的东坡肉，我在杭州西湖边吃过，吃过它的色泽红亮、味醇汁浓，那当然是正宗的东坡肉。

到了眉山，我毫无疑问也要吃东坡肉，那是东坡先生老家做的东坡肉，那是鲜香醇厚、油而不腻的东坡肉，那是家乡的味道。

“但愿人长久，千里共婵娟。”吃半块东坡肉，我默念一句他的诗。“黄州好猪肉，价贱如泥土。”眉山的老板娘，眉山的好猪肉也如此吗?

“故人应在千山外，不寄梅花远信来。”默念一句他的诗，我又吃半块东坡肉，远方的朋友，你闻到肉香了吗?“人生如逆旅，我亦是行人。”这东坡肉，现如今“贵者不肯吃”了吗?

春风满面的老板娘啊，你不知道，我吃着东坡肉，忽然想到了一个词——“吃利息”。

那么，东坡先生任知州的那个徐州也在“吃利息”吧，他贬谪的那个黄州，他流落的那个儋州，全都在吃吧，这多么有趣。

在眉山，我大口吃着东坡肉时，也想起了东坡先生的“竹杖芒鞋轻胜马，谁怕？一蓑烟雨任平生”。

烟雨柳江

烟雨中的柳江五凤山、玉屏山，山朦胧，鸟朦胧。

烟雨中的柳江花溪河、杨村河，水朦胧，人朦胧。

烟雨中的柳江古镇如梦，如画，如水墨江南。

800 多年的古镇，烟雨中的老木屋，品茶的我是否像一个宋朝的百姓，静享这儿的宁静和诗意？

当年的诗人，也在这枝繁叶茂的黄葛树下远眺吗？当年的画家，也在这碧水环绕的清幽里轻描淡写吗？

当年的旅人，也在这小客栈里沉思吗？当年的痴情女子，也在这风情吊脚楼里等待吗？

在烟雨柳江，我就这样穿越了时光隧道，回到了往昔。

烟雨柳江，烟雨中的老街，老街的石板路，沧桑得有味；烟雨中的码头，码头边摇走的小船，悠远得古朴；烟雨中的小桥，小桥上缓步而过的行人，是那么闲情逸致；烟雨中的小摊，手工制作的牛皮糖和姜糖，是那么古香实在。

烟雨中的百鸟啁啾，我看不到它们，我看到的是烟雨，是朦胧，是水墨画，是梦里的江南……

梦里草海（外一篇）

“威宁草海宽又宽，四面八方都是山。”那原生态的山歌从哪里传来？从草海的深处吗？还是从不老的青山上传来？

这海岸的野花，那一朵朵、一串串、一片片的紫色、粉色、金黄色的草花啊，你们一定是在欢迎我吧？看那些五彩缤纷的蝴蝶，多么让人羡慕，它们在花间穿梭，与自己喜欢的花儿静静地交谈，用芬芳和甜蜜吟诵着抒情诗，它们多么潇洒，多么惬意，多么浪漫。这如梦如幻的温馨啊，就像清风般地涌进我心里。

四周连绵起伏的山峦啊，你们也想融入这一片温润之中吗？那蓝蓝的天空，白白的流云，你们也像我一样，在陶醉吗？清风啊，轻抚过万千水草的清风，也轻抚着我的长发，轻抚着我的内心。你们把我红尘的旧梦吹得远远的，让我枕着这一方柔情的清波滑入温润、恬静的深处。

这一棵棵水草啊，有的轻巧地摆动着身姿，是在跳起柔情似水的舞蹈吗？有的靠在我的船舷边，是在痴情地张望吗？有的要伸出手来，是想和我深情地一握吗？有的却在水下静静地伸展着，是要为我梦中的鱼儿铺起绿色的地毯吗？就让我融入这宁静的草海吧，让我的心也随水草和水波轻轻晃晃动吧。

这迷人的草海啊，草丛中有多少鸟儿在栖息？有多少鸟儿在歌唱？有多少鸟儿在聊天？有多少鸟儿在嬉戏？我的船儿驶过了垂柳依依，驶入了湖光水色如画的风景，那光滑的船桨轻划出有节奏的水声，水声中有阵阵清脆的鸟鸣伴随。看啊，有的鸟儿从草丛中飞起来了，有的鸟儿又从高空中飞入草丛了，这是白鹭吗？这是灰鹤吗？这是赤麻鸭吗？这是丹顶鹤吗？这是黑翅长脚鹬吗？这是勺嘴鹬吗？这是大雁吗？这是红嘴鸥吗？这是小天鹅吗？这是黑颈鹤吗？

这无边的草海啊，一群群的鸟儿在欢歌，这儿不但是水的海洋，草的世界，也是鸟儿的天堂呢。天高任鸟飞，飞吧，随意地飞翔吧，可爱的精灵，飞上我的手心，飞上我的船头，飞上蓝蓝的天空，飞过我梦里的城市，飞入我心旷神怡的心灵故乡……这迷人的草海啊，就是上天对高原的钟爱，就是上天镶嵌在高原上的蓝宝石。

神秘的“撮泰吉”

“撮泰吉”，“撮泰吉”，神秘的“撮泰吉”！我从哪里来？从远古，从混沌蒙昧的洪荒年代来吗？我看到先民们从遥远的原始森林里踉踉跄跄地走了出来，我听到他们发出了猿猴般的吼叫声。

“撮泰吉”，“撮泰吉”，神秘的“撮泰吉”！我看到逐渐能直立平稳行走的先人们薅起荒草，刀耕火种；我看到他们追赶着牛马，用草绳套在牛马身上；我看到他们到野地里采集种子，之后撒播在大地上，春风中水稻长了出来，花生苗绿油油，荞麦更加青翠。

我看到炎热的夏日里，盛大的夏雨忽然就来了，哗啦啦地浇透了大地，浇出了希望，一切都疯长，一切都在拔节。不知不觉就长高了的水稻挂上了稻穗，花生苗茂盛地覆盖了大地，荞麦苗在风中摇曳……秋风送爽，空气中弥漫着瓜熟蒂落的芳香。

戴白须面具的老爷爷，戴无须面具的老奶奶，戴黑须面具的苗族老人，戴兔唇面具的汉族老人，我知道你们都有一千多岁了。这位戴无须面具的娃子，我知道你是老爷爷和老奶奶的孩子。我看到你们风雨中的迁徙，看到你们从未放下的盼望、坚守、希冀和梦想。

“撮泰吉”，“撮泰吉”，神秘的“撮泰吉”！古老的先民啊，看到你们辛劳地耕作，看到你们流下了晶莹的汗珠……我看到的是丰收的喜悦，看到喜悦在质朴的原生态舞蹈里张扬，我看到你们虔诚地祈祷，向天地，向祖先，向各方神灵！

“撮泰吉”，“撮泰吉”，神秘的“撮泰吉”！我知道，经过这神秘的舞蹈，一切的天灾人祸都会随风而逝，留下来的是平安吉祥，是五谷丰登、六畜兴旺，是儿孙满堂！穿透风雨岁月的“撮泰吉”啊，面具的背后是清纯而热切的梦想！

“撮泰吉”，“撮泰吉”，“变人戏”的“撮泰吉”！我将哪里去？到有梦想的地方去……

兴城散章（三章）

漫步宁远古城

漫步宁远古城，我漫步在天高云淡之下，也漫步在历史的沧桑之中。

沧桑的是风雨侵蚀过的墙砖，是重檐歇山卷棚，是凌空的飞檐，是雕梁画栋。

而依然不变的是城楼上举手加额的眺望，是远方的来路和去路，是古城的喧嚣与寂寞……

“炮过处，打死北骑无算……号哭奔去。”凝望着当年的红夷大炮炮台，我仿佛听到了鼓楼里的战鼓声响了起来，而且擂鼓声越来越大，越来越密集。

隆隆的炮声由远而近，炮声中“贼人马腾空，乱堕者无数”，逃生者忍不住放声大哭……

“一生事业总成空……忠魂依旧守辽东。”转眼就差不多过了400年，当年那个人，那个打破后金军不可战胜“神话”的人，他的忠魂还在这儿驻守吗？

漫步宁远古城，我也想身披战甲，佩上长剑，跨上骏马，也单骑阅塞一回……

一棵卧桐，让我想起一个人

在兴城文庙，我看到一棵卧桐，一棵有着300多年历史的梧桐树，它长成了林子。

这是多么不幸的一棵梧桐，20多年前的一股强劲台风把它连根拔起，之后它的树叶逐渐干枯了，人们都以为它必死无疑。

可它竟然又活了过来，还从倒地的树干上长出了数十棵小梧桐树来，而且长得枝繁叶茂，长成了林子。

这多么神奇，这棵梧桐又是多么幸运——当年，它倒下来的时候，没有人劈了它准备晒干当柴火。

我想起那个被磔刑处死的袁督师，他也如同这一棵卧桐。

但他最终也“起死回生”了，哦，300年后又是一条好汉！

在烽火台上眺望

我在首山烽火台上俯瞰，西坡有一些裸露的石头，那些嶙峋的怪石，它们像是千年的忧伤和孤独，要扼守住辽西走廊的通道。

我往东纵望，那里是无边无际的大海，那晴空万里下的宽阔和平静，那样的湛蓝，正如首山的碧绿染得我的内心澄澈而透净。

清风从海面上吹来，从郁郁葱葱的林木中吹来，仿佛是大地上永远的歌唱。半坡上的沙棘金黄灿灿，像是天开云雾中永恒的喜悦。

谁在山下的古城翘望？翘望这时隐时现的首山，这犹抱琵琶半遮面的“少女”——它的婀娜多姿凝成了“三首云冠”之佳景，那是兴城八景之首。

翘望的人啊，你看到我了吗？我在烽火台上，在苍松奇石之间，在鸟语花香之中，在蓝天白云之下，纵览着崛起的新城，流连忘返。

铜铃恋曲（五章）

穿越山峡，我穿越的是醉美的时光

铜铃[①]啊，这儿离山水是这样的近，离蓝天也是这样的近。茂密的丛林啊，有多少鸟儿筑下他们安居的巢？高大的原始林木啊，我多想做一只欢快的鸟儿自在地飞越林梢。

啊，铜铃！我穿越山峡，穿越的仿佛是时光。万丈峭壁啊，在你的面前我多么渺小。激越的瀑布啊，在你的面前我仿佛也有力量和闯劲。

你好，碧绿的深潭啊，我也多么想像这一泓纯净的水一样，让醉美的时光在阳光下目不暇接……

瑶池啊，让我在你怀抱里沉睡吧

宁静的仙境啊，只有这里才有如此纯净的云雾。无尽的林海啊，只有这里才有如此纯洁无瑕的碧水。这就是瑶池吗？这就是王母娘娘的瑶池吗？绿树红花啊，这样清澈的池水，它可经过万年的洗练？这就是天地精华？

瑶池啊，把我的眼眸洗得更加明亮吧！把我的长发洗得更加乌黑吧！把我的心灵也洗得纤尘不染吧！今晚，我就在你怀抱里沉睡！

今夜的梦中，就让我品尝三千年开花、三千年结果的“王母蟠桃”吧！明早，永远年轻的我会在群山环抱之中醒来，看那最新、最美的日出！

“藏金洞”，你把我的青春藏了吧

“吴成七寨，金银九行，行行九缸，缸缸九万。”那么多的金银，“藏金洞”，你除了金银还能藏什么?

我想起和我下跳棋的曾祖母——岁月把她的腰压弯；我想起带我去放牛的祖母——光阴把她的乌发也染白……哦，“藏金洞”，我把时光之钟摔下山谷，你就把我的青春也藏了吧?

哦，“藏金洞”，“藏金洞”，我只想留住青春年少，只想太阳不下山！

我听到身体内的竹子在拔节

竹海茫茫。茫茫竹海。薄雾未散，阳光斜照在我身上。小鸟为我唱起清晨的歌。清风徐来，叶涛阵阵，我知道这风声从遥远处传来，又走得比遥远更远。

在这竹海深处，我闭目养神，恍惚之间我听到身体内的竹子在拔节……哦，桃溪，桃溪，我爱这竹子，爱这竹海，爱这竹林深处，爱这一切的宁静，爱这宁静中生机勃勃的拔节！

满目的丹枫啊，你是我青春的歌唱

这一抹红，这一片红，这一路的红，或如梦，或如火，或如花，或妩媚，或奔放，或豪迈，或凝重……红枫古道啊，你是深秋的画作，你是大地的诗篇，你是我青春的歌唱！

我歌唱这风吹雨打后如火的激情，我歌唱这雷电严霜后成熟的自信！满目的丹枫啊，我歌唱的是爱情的坚贞，我歌唱的是生命的坚韧！

注：①铜铃山国家森林公园景区位于浙江省文成县，境内拥有上万亩的原始次生林，为浙南保存最好的原始阔叶林。其中以铜铃山峡中经万年激流旋冲而成的壶穴奇观最为著名，被称为“华夏一绝”。

03

灯火阑珊处

一个陌生人和我对望了一眼（外一章）

一个人，一个陌生人，在他下车的时候，在我上车的时候，我们刚好对望了一眼。

陌生的人，你见过我吗，或者觉得我似曾相识？而我确定没有见过你，我们素昧平生。

陌生的人，这不是起点站，也不是终点站，你将往哪儿去？经过这次的邂逅，我们也许永远都不会再相遇。

也许我们也能够再重逢，可我们会记得起曾擦肩而过并且对望了一眼吗？

陌生的人，你从哪儿来，又将往哪儿去？你当然不用告诉我，就像我不会告诉你一样，但是，我会祝福你！

“愿你有一个灿烂的前程，愿你有情人终成眷属，愿你在尘世获得幸福！”

地下铁

乘地铁的时候，我会遇到谁？在我上车的时候，会刚好有座位吗？谁会坐在我身边？或者说，谁会站在我身旁？谁会比我先下车？谁又和我同时到站？谁会在我下车后继续留在车上？有谁能知道？

我曾搭错过车，谁也会搭错车？我曾想浪迹天涯，谁也像我一样想随时出发？我也有过归心似箭，谁也像我一样近乡情更怯？我曾下错过站点，谁也会下错过？我曾选择过到终点下车，谁也会坐到终点才下车？

也许，所有的出发和归宿都早已注定？也许，所有的起点和终点都会有安排？而地铁，永远都是旁观者……

我们匆匆相遇，又各奔东西（外一章）

我们，一群人，那天都上了同一辆车，也就拥有了同一缕阳光，同一阵清风，也拥有了同一段的晃动，同一段的笛鸣……

那几个阳光少年，你们一路说笑，一路拍照，多少美好的回忆留给了明天？那个背孩子的妇女，你尽管没有坐下来，但你边上的座位在这次旅程中永远都会属于你！

牛仔裤上有洞洞的帅哥，你将流浪到何方？戴墨镜的美女，别人注视你的时候，你眼睛里肯定也流露出欣喜和自信？

把大行李袋放在脚下的人，你的远方有多远？帽子上有“约吗”二字的人，你还在赴一场远方的约会吗？

这偶然的一天，陌生人，我们匆匆相遇，又各奔东西！这偶然的一天，陌生人，我们是否必然要相遇？或者说，我多少都跟你们有缘？

“去吧，但愿你一路平安，桥都坚固，隧道都光明。”[①]陌生人，脸上洒满阳光的人们，在未来的某一段路上，我们又会相遇。

一碗热干面走过首义广场

一碗热干面，一碗黄澄澄、香喷喷的热干面，它被捧在一个女孩的手上。那是个微笑的女孩，衣着时髦的女孩，一碗热干面就在她的手上走过了首义广场。

这个美丽的女孩，温馨的阳光正照耀着她的微笑。她路过我的时候，我闻到了热干面中芝麻和香葱的香味，也闻到了她微笑时散发出来的独有的气味。

她是去追赶她的伙伴吗？那么，她的伙伴也喜欢热干面？我看到她洋溢着青春笑脸。广场上的其他人，如果在意的话，也会看到她欢快地走过，而目光深邃的孙中山也会看到她的笑脸？

这个手捧热干面的女孩，你是吃着热干面长大的本埠人吗？又或者，你是江城的旅人？江城会有无数个喜欢热干面的人，但你是捧着热干面走入我诗歌的人，并在首义广场给我留下了一路的芳香……

注：①此句为土耳其诗人塔朗吉（Cahit Sitki Taranci）《火车》一诗中的诗句。

路过一个单车“坟场”（外二章）

毫无疑问，它们大多已经死了！这些横七竖八的单车，这些五颜六色胡乱堆叠的单车，这些像一堆不再蠕动的蚂蚁一样的单车，它们大多已经死了！

这些锈迹斑斑的单车，这些被尘土扑得灰头土脸、垂头丧气的单车，这些正被肆意生长的野草吞没的单车，这些有故事的单车，毫无疑问，它们大多已经死了！

这些让人眼花缭乱的单车，是谁把你们杀死的？是谁又把你们乱堆在一起的？堆成了一件件触目惊心的“艺术品”，这就是残酷的资本战争之后剩下的尸骨吗？

这让人惊悚的“坟场”，这被现实“安放”在这儿的千千万万辆单车，我知道你们有的还没有完全断气，还在发出“滴滴”的呼叫声……

弹棉花的人

“嘭，嘭，嘭，嘭……”有节奏的声音从木槌和弓弦的碰撞间传出。弹棉花的人，你不断地敲打着弓弦，仿佛弹奏着你的生活乐章。

我看到从木条门窗处射进来的阳光，正一束束地被你弹入棉絮之中。此后，盖这床棉被的人，一定会感到温暖了许多。

弹棉花的人，我看到细碎的棉尘布满了你的头颅，也白了你的头。我看到你在棉花上拉的纱线，也延展到你的额头和眼角上。

弹棉花的人，我看到你的专注和耐心，你是用木槌和岁月交谈，用弓弦让时日蓬松，又转动圆盘让生活紧凑。弹棉花的人，你用巧手和白棉谈判，让多少霉味的日子由此得以翻新。

弹棉花的人，当我路过那个待拆的小区时，你是我认真细看的人。当我回望你的砖瓦屋时，就像回望一幅老旧的图画。

一只长出了苔藓的篮球

一只长出了苔藓的篮球，它静静地坐着，坐在操场边的树林里，坐在树林的兰草丛中，让我觉得它仿佛若有所思。

这只长出了苔藓的篮球，这只曾经洒脱地奔跑过、曾经潇洒地冲过拦截、曾经稳当地进过篮圈的篮球，这只曾经赢得过无数次掌声的篮球，它会不会有无限的感慨？

这只长出了苔藓的篮球，这只青春已不再的篮球，这只也许有过泄气、有过失误、有过哭泣、有过等待的篮球，它的梦想是否已更改？它的回忆是否仍旧欣欣然？

这只长出了苔藓的篮球，我轻轻地捧起它，又轻轻地放下，它的青春已经远去，只有我若有所思……

乘坐地铁 2 号线的时候（外一章）

在江城，乘坐地铁 2 号线的时候，我会想一些东西。比如，这小龟山站，我怀疑从前会有许多小陆龟在坡地上爬来爬去，它们当然是母龟产卵后的产物。

又比如，这螃蟹岬站，我知道是因为小山形似蟹钳而得名，但我好像仍看到了一群螃蟹，比车上的人还密密麻麻，它们正在水边溜达。

又如这积玉桥站，我知道有人曾在桥下捕到过许多鲫鱼，后来“鲫鱼桥”才雅化为“积玉桥”。但我仍想象着，以前有人就在这儿捡到了金石玉石。

从积玉桥站到江汉路站，地铁经过长江底下时，我还想象许多鱼儿在我头顶上游过。鱼肚子离人们那么近，可有谁知道鱼之乐？

而那么多的鱼儿会不会想到人之乐？这些人靠得那么近，他们会听到彼此的心跳吗？会听到有的人心胸里有骏马奔腾，有的人心胸里有秋风萧瑟，有的人心胸里有杏花春雨？

可出站后，那么多的人，不都是各奔东西？

坐在地板上的民工

一二三四五，我看到的五个民工，他们和我同时上了地铁，我看到他们的衣服沾染了灰浆污痕，我闻到了他们身上劳动的气味。

五个民工，五个头戴安全帽的民工，他们中有两人站着，有三人坐在地铁的地板上，而旁边其实还有几个座位。即使他们坐在座位上，那干了的灰浆污痕也不会留下多少痕迹。

五个民工，五个背井离乡的人，五个为了生活打拼奔波的人，我知道他们肯定也是累了，他们怕弄脏了座椅才不愿坐在座位上，我知道他们都有一颗善良的心。

五个民工，五个在地铁上的民工，原本就是庄稼汉的他们当然会知道，“一粒米养百种人”。

他们早已习惯面对睥睨的目光。可傲视他们的人，只看到灰尘污痕在他们身上，却没看到灰尘污痕也在自己的心上。

大风平地而起（外一章）

那一次，在郊外，大风平地而起，说来就来，而大雨也从前方奔跑了过来，脚步密密匝匝，仿佛要追赶着四散的人群。

我看到有的人拼命地蹬着单车踏板，有的人停下来披上雨衣又匆忙赶路，有的人四处张望，是想看看有没有屋檐？有的人不断地招手，以为过路的车会停下来？

有的人挤上了车却挤掉了鞋子；有的人停止了奔跑，随手擦了擦脸上，那是雨水还是汗水？有的人不停地对着手机大喊，是生怕风雨声淹没自己的声音吗？

有的人没有雨具，他也不奔跑，也不招手，任凭雨水把自己淋湿、浇透，他是知道自己跑不过大雨？或是想到大雨终归要停下来？

我没有雨具，也不奔跑，我知道我等的车迟早都会到来……

看一队蚂蚁搬运食物

小小的蚂蚁，这些凹凸不平的泥路，在你们的世界里是不是丘陵地带？这些路上的石子，在你们的世界里是不是耸立的山峰？

运送食物的小生灵啊，如果我将你们放大，是否可以这么说，你们就像是十多个人要扛走一幢高楼？

负重前行的大力士啊，为什么我全神贯注可怎么也听不到你们的喘息声呢？你们也会唱《咱们工人有力量》这类歌曲吗？我怎么听不到你们的歌声呢？

默默行进的战士啊，你们也有指挥官吗？可我怎么分不出指挥官是谁呢？重压之下，你们中也有出工不出力和滥竽充数的吗？可我也看不到啊。

卑微的蚂蚁，永不言弃的朋友，你们有的走在前面，有的走在后面，可它们都没有扛食物，它们是开路先锋，还是监工？

微小的生命啊，我看你们蚂蚁低到了尘埃，你们看我们人类是否高到了离奇和可怕？

看一群人扛起烤猪（外二章）

立炉里的炭火已经熄灭，烤猪早就散发出香味，一群人开始扛烤猪。

他们把木棍扛起逐渐举过头顶，一头高到人肩的烤猪，足有一两百斤重的烤猪，便穿炉而出、喷香地亮相！

那烤猪显眼的金黄色，映衬得扛猪人的衣衫更加朴素；那金黄色上的油光可鉴出泥砖墙的古朴、天井青砖的苔藓在翻生。

扛猪的人，看热闹的人，他们七嘴八舌，也有人在吞口水。当一个长长的托盘拿来之后，这头金黄色的烤猪于是安稳地趴在托盘上。

我看到长桌上还有另外一头几乎一样大小的烤猪，两头烤猪最终会并肩而趴，趴在扛猪人的祖宗神位之前，让祖宗们得以“大饱口福”。

当然，祖宗们在未去之前，他们也会是这些扛猪的人或者看热闹的人……

野蜂言

——看一段采蜜的网络视频

我们——千千万万只小野蜂，筑巢于万仞危崖绝壁上的小野蜂，佩服你们——大胆的采蜜人，不怕摔死而勇敢攀登的人！

采蜜的人啊，你们没有翅膀，但你们有绳梯。你们头戴草帽，脸上还遮面具，怕我们看透你们的真面目吗？无限风光在险峰，你们就知道最原生态的甜蜜也在险峰，对吗？

采蜜的人啊，你们手持长勺子和箩筐一起晃荡，和箩筐中的大盆子一起晃荡，似乎没有你们到不了的地方，没有你们发现不了的隐秘？

采蜜的人啊，你们没有长出针刺，但你们有烟火，还有手套，你们把蜂巢上密密麻麻的小生灵随手拨开，那金黄色的收获便呈现在你们的笑脸前。

采蜜的人啊，我们要谢谢你们？你们下手不是太重，摘除也没有连根，是因为你们读过“采得百花成蜜后，为谁辛苦为谁甜”的诗句，对吗，勇敢的人？

想起了辛巴红

涂抹防晒霜的时候，我想起了辛巴红，想起原始状态的纳米比亚西北部沙漠，那些黑里透红的辛巴族女子。她们在阳光的照射下美丽得熠熠生辉。

红色赭石粉和着牛羊油脂，那是辛巴族女子的防晒霜，也是她们的发胶发蜡，更是她们的驱蚊防虫霜。热情奔放的辛巴女子，欢迎远道而来的客人，她们跳起了原生态舞蹈。

涂抹防晒霜的时候，我想起了辛巴红，想起了那些赤裸上身的辛巴女子，想起了她们的眺望，眺望外出找水的男人回到夕照中。

简陋的泥巴，圆形的茅草屋，遍体红彩的辛巴女子，她们把右脚叫作父亲脚，左脚叫作母亲脚。父亲和母亲托起的双脚踏在原始沙漠上，独特的风景线惊艳了现代人的目光……

倾城倾国杨玉环（外一章）

“回眸一笑百媚生，六宫粉黛无颜色。”正因为有了你，才会有历史上这著名的一笑。“云想衣裳花想容，春风拂槛露华浓”，女人让人赏心悦目，让人怜爱有加，这可是大好的事情。

“弦鼓一声双袖举，回雪飘飖转蓬舞。”倾城倾国的美人，舞林上的高手，你飘摇的身段似行云流水，让宫廷里的华灯眼花缭乱；你美丽的身姿轻盈如风，让胡旋舞的旋转更加多姿多彩；精通音律舞蹈的女人，“环行急蹴皆应节，反手叉腰如却月”，这多么的妩媚，大唐盛世怎能没有弦歌？

“一骑红尘妃子笑”，拉动的是消费。没有这一骑红尘，焉会有后来大名鼎鼎的“妃子笑”荔枝？在南国初夏的荔枝林里，这果大肉厚的荔枝，这核小味甜的尤物，让多少果农的脸上绽开了灿烂的笑容！

“渔阳鼙鼓动地来”，这只会“惊破霓裳羽衣曲”，动刀动枪的事其实是男人玩的。马嵬驿啊马嵬驿，爱好唱歌跳舞的小女子，怎知道男人角力的漩涡有多深，漩涡中的暗流有多急？“明眸皓齿今何在？血污游魂归不得”，看那大海中的木叶船，哪个能够把握未卜的命运？

“人生有情泪沾臆，江水江花岂终极。”要得到的总会得到，要失去的怎么都拦不住，倾城倾国的大唐美女，对吗？

乡野绿珠

金钱能否改变命运？那是毫无疑问的，石崇的十斛明珠就照亮了乡间女子绿珠的进京之路。

金钱能否买来爱情？有时候也许吧，有时候却又未必。看看石崇失势之时，美丽善良的绿珠何曾向强权的孙秀低头？

“繁华事散逐香尘……”绿珠，你是乡野婀娜多姿的仙鹤，可恨误入了繁华的京都；你是乡野朴实的小草，不经意地被移入了灯红酒绿的金谷园。

“……落花犹似坠楼人”，高洁的仙鹤，它怎能让污泥浊水来污辱？春风中翩翩起舞的小草，它永远蔑视残酷的严冬。

绿珠，美丽的绿珠，我看到你最终化作了金谷园里洁白的小花，就如当年一样静静地开在故乡的原野上；我也看到了故乡的原野上，洁白的仙鹤在飞……

荆州散曲（四章）

在古城漫步

在荆州古城漫步的时候，我想到了刘备借荆州，也想到了关羽大意失荆州。

抚摸着那青黝的墙砖，我就想荆州还是不是刘备的？路旁这些紫荆和银杏是他的，这坚固的城墙也是他的，在瓮城里往外张望的是他的兵，在藏兵洞里藏着的也是他的兵。

甚至，在古城墙下卖石榴、柑子和沙田柚的小贩，小店铺中加工锅盔小吃的人，似乎也是他的子民。

甚至，古城墙下边骑共享单车边乐哈哈地向同伴招手的美女，以及行走在墙根下的我和我父母，还有许多来来往往的游客，仿佛也成了他的子民。

甚至，古城外的车水马龙、普通民居和高楼大厦，城市中的万家灯火，八宝饭和千张扣肉，还有洪湖藕粉，也全是他的。

因为他借去了，就不再还。而关羽大意失去的，是另外的荆州。

吃鱼糕的时候

在荆州吃鱼糕的时候，我没想到乾隆爷也吃过这种鱼糕，据说他吃了之后，吟道：“食鱼不见鱼，可人百合糕。”

我更没想到舜帝也吃过这种鱼糕，当然，也没想到他的妃子女英和娥皇也吃过。

鱼糕面上那层薄薄的金黄色的是蛋黄，小店的老板娘说，蛋黄下白白嫩嫩的是鱼肉和猪肉肥膘搅碎再混合蒸制而成的。

吃到了鱼肉而没有遇到鱼刺，这正是我喜欢的。而我也没想到鱼糕是女英首创的，她让喉咙肿痛的娥皇，开了胃口。

在荆州吃鱼糕的时候，我没有想到今日会写到鱼糕，当时我只知道，晚饭之后，我和父母要快步穿过古城池……

我尝试着拿起青龙偃月刀

在关公馆，我尝试着拿起青龙偃月刀，我当然无法拿得动这刀架上的刀，尽管这是仿刀。

八十二斤重的青龙偃月刀，如果我拿得起，舞得快似流星划过天际，我岂不是也可以单刀赴会，笑傲江湖？

这样一把安定汉邦的名刀，如果我挥得动，出手时如霹雳一声天地裂，我岂不是也可以水淹七军，指点江山？

“颜良措手不及，被云长手起一刀，刺于马下。”拿得起青龙偃月刀的人，多么干脆利落！

“关公马快，赶上文丑，脑后一刀，将文丑斩下马来。”挥得动青龙偃月刀的人，多么潇洒自如！

我尝试着拿起青龙偃月刀，我看到天苍苍野茫茫中，一匹雄壮的赤兔马疾驰而来……

雌雄古银杏

关公馆内六百多岁的银杏，那是明朝年间种下的银杏。明朝的银杏，你们一定会记得明朝的那些事吧，也会记得清朝和民国直到近来的那些事吧。

六百多年的银杏，一雌一雄，你们一定会在月白风清的时候相互凝望，也会在暴风雨到来之前相互致意。也许你们地下的树根就紧紧握着，一起走向了更远的深处？

古老的银杏啊，你们看到我抬头仰望了吗？我仰望着闪闪发亮的阳光和依然青春的枝头，也仰望着愈合的伤痕、沉静的坦荡……

我赞美远去的岁月，也赞美一切的天长地久！

拙政园走笔（五章）

两棵枫杨树

在拙政园，我记住了两棵枫杨树，一棵树龄 170 年，另一棵树龄 110 年，它们的树干都已被虫蚁蛀空，开裂的老树皮上长有些许青苔。树龄 110 年的枫杨树甚至仅剩下了空心的半边弧形树木，够一个人站在里面，可是这两棵枫杨树依然郁郁葱葱，枝叶茂密，树冠如伞，生机勃勃！

我相信它们曾经也痛过，也哭过，但它们始终坚强地站立着，根须紧紧深入大地，它们一定是从大地母亲那里得到了力量。我相信小鸟的歌声也让它们陶醉，我相信温暖的阳光和雨露也让它们欣慰，我相信是岁月抚平了它们的创伤。

枫杨啊古老的枫杨，我仰视着你们，内心充满着坚强。

明月清风我

拙政园有许多亭台楼阁，错落有致地掩映在绿树丛中，比如荷风四面亭、远香堂、听雨轩、与谁同坐轩、卅六鸳鸯馆、松风水阁、芙蓉榭等等，无不诗意盈盈，从哪个角度看都是一幅风景画。

而若干年后，我可能不再记得这些亭榭的名字，但我肯定记得那池塘里满眼的荷花。它们亭亭绽放，有的像羞答答的小姑娘，有的像落落大方的美少妇，无不多姿多彩，让人怜爱。盆栽的荷花还跑上了假山，仿佛留下了笑声一串串。

“与谁同坐。明月清风我。”宋人苏轼是帮我发问吗？我想象过我是古代大户人家美丽的小姐，或是小姐的贴身丫鬟，我们着粉红或素净的长衣裙，在荷风中穿行，在垂柳下作画吟诗，在听雨轩里听雨，听雨打莲叶的声音。池边有芭蕉、翠竹，也听雨打芭蕉和翠竹的声音。我肯定会有一些伤感、寂寞，也会有一些幻想。

香风留美人

在拙政园，我看到几株老紫藤，其中有一株据说是明朝正德年间由书画家文徵明亲手种植的，已有440年。这株老紫藤，它的主干已有二三十厘米粗，看那虬曲的身姿犹如巨蟒爬上了高高的架子，的确如神龙盘旋，如飞似腾。可惜我来时紫藤花季已过，我没看到想象中的浅紫色花儿，没闻到那扑面而来的淡淡清香。

“紫藤挂云木，花蔓宜阳春。密叶隐歌鸟，香风留美人。”这是李白的诗，不知道有没有唐朝种植的紫藤生长到现在？此刻站在紫藤下，让我也做一个美人吧。

流光容易把人抛，紫藤长大了，多少人已成了过往。紫藤啊古老的紫藤，经历几百年沧桑还如此茂盛，怎不让人赞叹！

此刻我只盼望有一个地方，让我也种植几株紫藤，让紫藤和我一样自由自在地行走，直至我的笑声渐渐地被淡忘……

忠王啊，是非成败转头空

一百五十年的风烟散去，一百五十年前的故事由人评说。

在忠王府，我看到仪门柱上这副对子——“天泽流行恩深雨露，朝纲治理运转乾坤”，横额上书“万古忠义”。

“万古忠义”是天京事变后，洪秀全对李秀成的册封。其实，这又何尝不是后人对他的评判？

忠王府正殿门口的龙爪槐仍枝叶繁茂，盘曲如龙。正殿内，李秀成曾召集手下在这里举行过军事会议，他们曾坐过的椅子现在还摆在那儿。

正殿雕梁画栋，那些彩绘仍清晰可见。后殿里陈列着一门铜大炮，昔日的隆隆炮声依稀可闻。

忠王府中的大戏台，当年曾上演过多少悲欢离合的大戏？戏台对子是“冀北人文 风云龙虎，江南春色 歌舞楼台”，横额是“普天同庆”。这戏台毕竟是人才荟萃之所，一定有过繁华，不像现在空空如也。

王府庭院那棵“木瓜”古树也还在，据说，这是庭院避邪之树，也叫“降龙木”，它比太平天国还早一百多年，它的一根枝丫已折断，但依然顽强地生存着。

还有“天厅”、书房、藏书楼、观赏池、老井，古树名木，一应俱全，如果忠王可以穿越，他肯定也有物是人非之感吧？

“万古忠义”的忠王啊，我与你的雕像合影，与太平天国合影，管他是非曲直，成败得失。

我也想捏泥人

在拙政园门口，我看到一个捏泥人的人，他有鲁迅一样的胡子，他的头顶上头发不多，可四周的头发很长。

一个捏泥人的人，有老中青十多个人围着他，看他以一对情侣为模特，在白泥上东按西捏，东压西搓，没多久就把一对情侣泥人捏得惟妙惟肖，栩栩如生。

一个捏泥人的人，是拙政园一道独特的风景。我看见他的摊档上，捏有伟人，捏有凡人，那普通的白泥被他捏活了，或者说，别人内心微妙的世界被他用泥土捏了出来。他毫无疑问是玩泥巴的高手，但玩物不丧志，捏泥可以养家，这就是高手在民间吧。

我也想叫父母坐下来，让他捏一对泥人保存下来，因为风霜已落在他们的头发上。我也想叫他来捏我的泥人，如果我不急着赶路，我就让他捏出我的青春和梦想。

漫步卢沟桥（外一章）

夏日的阳光多么灿烂，夏日的清风吹起了永定河的涟漪。

那潋滟的波光，让我想起了当年的刀光，也听到了当年的枪炮声！

致敬，那一把把雪亮的大刀，砍向鬼子们头上的大刀！

那热血沸腾的旋律早已在我耳边响起！“大刀向鬼子们的头上砍去……冲啊！大刀向鬼子们的头上砍去。”

致敬，当年那些生在乱世，却视死如归、勇赴国难、前仆后继的勇士们！

我仿佛听到了鬼子的铁蹄声，更看到了我们的将士勇往直前、无所畏惧的身影！

我仿佛也听到了当年的疾呼：平津危急！华北危急！中华民族危急！

我仿佛也看到了自己投笔从戎、跃马横刀！这是“铁马冰河入梦来”吗？

饱经沧桑的石狮子啊，经历了八百多年风风雨雨的卢沟桥！惨痛的历史，我们永远都不可能忘记。

此时的阳光多么灿烂，漫步古桥，我庆幸生在和平的年代，也衷心地祝福祖国更加繁荣富强！

清风中，我们一群诗人朋友在桥上，在石狮子边，在石头镌刻的石书旁，在纪念地合影留念，那是和永不倒下的民族精魂合影！

卢沟晓月

那一定是我喜欢的圆月，挂在深蓝色的天空上。

那一定是我喜欢的月色，照在静谧的河面上，照得河岸边的柳树婆娑，也照亮了桥上数不清的狮子。

那银白的清辉也洒遍了大江南北，村庄和城市，山岭和长河。沿着永定河上溯，那是桑干河，此时也会是星月交辉；沿着我思乡的河流奔走，我回到我梦里的郁江，蜿蜒而下就到了西江，直至大海，此刻也会是月明如水。

我喜欢的月色，也照耀着披星戴月的旅人，他们有的经过卢沟桥后北去，有的越过这座桥后进入中原。

我喜欢的月色，也照耀着大地山川上均匀的呼吸，照亮着我母亲宁静的梦乡。

我喜欢的月色，照耀着我强大的祖国，照耀着温暖而宁静的大地。夜色中的大地，百花悄然盛开，那些醉人的芳馨在夜色中弥漫。

哦，卢沟晓月，在这样美好祥和的夜里，我想起了一句歌词："朋友来了有好酒，若是那豺狼来了，迎接它的有猎枪！"

拜谒贾谊故居（二章）

惜哉，贾谊

贾谊故居在长沙太平街，那是长沙最古老的名胜古迹之一，两千多年里历经了一百余次维修和重建，这里可是湖湘文化的源头。

那是一个曾经意气风发的得志少年住过的地方，也是一个忧心忡忡的失意才子住过的地方。

贾太傅啊，你撰写了《过秦论》，你上书了《论积贮疏》等等旷世宏文，同僚之中，谁能出其右？可“木秀于林，风必摧之”吗？

贾太傅啊，在长沙，你撰写了《吊屈原赋》《鹏鸟赋》，开了汉赋之先河。正是因为遭受了权贵的毁谤，才成就了后来大名鼎鼎的“贾长沙”吗？

“夫民者，万世之本也，不可欺。”“民之治乱在于吏，国之安危在于政。”“自古至于今，凡与民为仇者，有迟有速，而民必胜之。”贾太傅啊，你是思想家、文学家，可你又何尝不是一个卓有见识的政治家？

“梁王坠马寻常事，何用哀伤付一生。”这是伟人毛泽东说的，贾太傅啊，梁怀王骑马摔死，你又何必太过自责、何必日夜哭泣呢？你如此忧郁，走的那年才33岁，惜哉。

想起那只鹏鸟

贾太傅，我想起那只鹏鸟，想起那只飞进你住所的鹏鸟，那只叹息着、昂起头张开翅膀却口不能言的鹏鸟。

“野鸟入室兮，主人将去。”贾太傅，你写的《鹏鸟赋》让我看到你的忧伤。

“祸兮福所倚，福兮祸所伏；忧喜聚门兮，吉凶同域……迟速有命兮，焉识其时！”贾太傅，我又似乎看到你的淡定。

贾太傅啊，那只鹏鸟飞到长怀井亭这儿吗？当年你亲手开凿的水井，到现在还有水呢。

这棵柑子树，青葱翠绿，当年也是你亲手所植，贾太傅啊，那只鹏鸟也会飞到柑子树上吗？

贾太傅啊，如果当年是我看到那只鹏鸟，我肯定会拿笤帚来轰走它，而你却说：“德人无累兮，知命不忧。细故蒂芥兮，何足以疑！”

可是，我怎么听到了你叹气中的惆怅呢？我怎么看到了你脸上的疲惫和眼中的感伤呢？

鹏鸟啊鹏鸟，你是什么鸟呢？三更半夜的你还在叫，你也怀才不遇吗？

贾太傅啊，“秋草独寻人去后，寒林空见日斜时”，这是后来的唐代诗人刘长卿撰的。在寻秋草堂，我仍想着那只鹏鸟……

巍峨天心阁（外一章）

“咸有一德，克享天心。”《尚书》中引出了“天心阁”的名称。从此，天心阁就在这儿顺应天意、俯瞰长沙。我登阁四望，盛世高楼尽收眼底。

天上长沙星，下应长沙城。天心阁，明代时叫“天星阁”，是古人心目中代表吉祥之兆的风水宝地。可你的命运为何如此多舛？

“楼高浑似踏虚空，四面云山屏障同。”尽管有古城长沙作为屏障，可你又怎能阻挡得住义军首领张献忠的剽悍顽强？

“城南耸高阁，直与丹霄薄。插顶上天门，扪看星斗落……”也许正因为你是制高点，才会引来炮火？旧城墙上那些存留下来的炮眼，仿佛欲说还休。

我仿佛又看到烈焰升腾而起，映红了夜空。1938 年 11 月的文夕大火，连残存的古城墙和石狮子都在悄然地哭泣。如果日寇的铁蹄不来，会有这场大火吗？

重建后气势宏伟的天心阁啊，石壁上的图案旌旗猎猎，战马萧萧，仿佛是在述说着曾经的鏖战和过往的云烟？

天心阁，天星阁，逝去的岁月还有多少伤心的梦，还有多少的沧桑，也许只有天上的星星知我心？

我轻抚着城墙上的旧大炮，阳光下发热的炮筒，仿佛刚刚发射过炮弹……

安息吧，勇卫山河的战士

天心阁有崇烈塔、崇烈亭、崇烈门。崇烈亭中有“崇德”牌匾。谁不崇敬英烈？

谁不崇敬为国赴难、奋不顾身的英烈？谁不崇敬为保民族气节而敢于战斗、勇于牺牲的英烈？

“阵地上除了硝烟外，只有残肢断臂”。折戟沉沙铁未销，那是怎样惨烈的战斗，这便是长沙保卫战，可恶的日本鬼子还使用了毒气弹！

天心阁啊，昔日兵家必争之地，今天闹中取静的休闲场所，凉亭上有歌迷在唱歌。

“犯难而忘其死，所欲有甚于生。”安息吧，当年那些“气吞胡羯，勇卫山河”的坚强战士，无论来自何方，都安息吧。

我坚信，崇烈塔上那昂首屹立的狮子，那眺望远方的狮子，它是一头雄狮，它已经醒来……

武汉散曲（八章）

逛户部巷

这狭窄的老巷，仅仅150多米长的百年老巷，那可是“汉味小吃第一巷”。

人说，“早尝户部巷，夜食吉庆街”，户部巷那繁华的小吃摊能不勾起我的味蕾？

这儿有香喷喷的滚芝麻羊肉串，有糯米鸡，有鸡翅包饭，有香酥牛肉饼，有麻辣龙虾，有酱香烤猪蹄。

这儿有梅花松糕，有旋风薯塔，有牛肉米粉，有热干面，有三鲜豆皮，有大煎包，有油墩汤包，有蛋酒。

这儿还有多个臭豆腐摊点，那么乌黑、那么臭的豆腐，竟然要排队来买。人们吃惯香的了，也要尝试一下臭的吗？

路中间那个女摊贩边玩手机，边卖菱角、莲蓬。一个男摊贩招呼我买小西瓜，2 元一只的小西瓜，像苹果一样削皮吃。现代人，要么培育越来越大的，要么培育越来越小的，是在“逆”天吗？

我和父母不吃鸭脖，不吃烤鸟蛋，但吃螃蟹，不知道那些螃蟹从何处爬来？螃蟹岬曾经有螃蟹吗？

游昙华林

昙华林这个街名可能与佛教有关，这是郭沫若在他自传中说的。

也有人说，“昙华”来自“昙花”，毕竟这条街原先有许多私家小花园，也许里面种植了不少昙花。

一路下来，见有小花园，未见有昙花。或者说，昙花种在人家的后花园里，你根本就看不到。

昙华林有点像记忆中我家乡的西五街、棉新街、十三巷，都有老建筑。

细看昙华林，也有些苔藓，那么苔藓肯定无声地记录过这儿的风云变幻。

在一家画室里，我看到多幅大红色彩的画作，有的画了日本游女，她们怎么这样热情奔放和热辣呢？

当年的翁守谦故居，其临街面现在是刺绣馆。我看到阳光正从窗口探进，打在桌面的刺绣画上，打在五六个正专心做女红的女工手上。

那个参加过甲午战争的幸存者翁守谦先生，他曾经也喜欢刺绣吗？

在另一家汉绣馆，我们看到了闪着金光的汉绣精品，一个“绣龄”六年的美女，她正在飞针走线。她说，这些图案绣进了她的心思和耐力。

昙华林也有小学，那些上学的青春少年，不知他们有没有留意过林则徐、张之洞、陈独秀、董必武、陈潭秋、李汉俊和郭沫若曾经在这儿留下的行踪影迹？

而崇真堂、徐源泉别墅、石瑛公馆、晏道刚故居、钱钟书父亲的老宅等等各流派的老建筑，它们也许能听到青春少年的欢声笑语？

昙华林，明洪武四年（1371）武昌城扩建后逐渐形成的老街，经历了几百年风雨沧桑的老街，它肯定知道我在这儿吃了一碗豆腐脑——甜甜的、一滑而下，是不是也有些历史的味道？

游古琴台

“桂子月中落，天香云外飘。”金秋十月的古琴台沉浸在桂花的清香之中。

那桂花的香，也能飘到天上吗？四下环视，我似乎听到了琴声，或许，飘到天上的正是那袅袅的琴音？

伯牙不是把琴都摔烂了吗？那些四散的琴片，不是飞溅到汉水之中了吗？

那些琴音不是随流水流到远方了吗？我怎么会听到了琴声呢？

在伯牙抚琴的汉白玉雕像边，我轻轻地坐下，又闭目沉思；在米芾手书的“琴台”前，我轻倚栏杆，又凝神静听。

我听到的都是自己弹的琴音吗？“善哉，峨峨兮若泰山。”是那个樵夫在说话吗？

那奔腾不息的江河又从我的指尖、从我的内心滑过，忽又听樵夫道：“善哉，洋洋兮若江河。”

我睁开眼，四下环顾，怎么没见到那个樵夫呢？

古琴台很清静，和我同游的父母在兴奋地照相，我看到阳光中的他们，琴音和桂香在他们身上闪光。

访晴川阁

冲着崔颢的“晴川历历汉阳树”诗句，怎能不访晴川阁？这十月的晴川阁，这清幽的古色古香之间，悬铃木尚有绿叶，女贞树、龙爪槐、雪松、广玉兰依旧葱郁。桂花芳香之中，有几对准新人在禹稷行宫里随意拍摄婚纱照。

融雄浑与精巧于一体的禹稷行宫，不需要人们跪拜。治水的大禹，“三过家门而不入”，这个为百姓谋福祉的人，德配天地。此时此刻，禹王爷看着闲适的游人，看着穿婚纱的帅哥美女仿佛也露出了笑脸。

清乾隆时期的荆南观察使者李振义，他也钦佩那个为天下万民兴利除弊的人，要不他怎会写下“荆楚雄风”？这让我想到了栉风沐雨、砥砺前行，握着的拳头瞬间好像也充满了力量。

“洪水龙蛇循轨道，青春鹦鹉起楼台。”飞檐翘角下，轮渡上的快艇如弓箭划开江波，龟山电视塔耸入云霄，长江大桥上车水马龙，而我像一只青春的鹦鹉，正吹着凉爽的江风，烟波江上我何必愁？

谁递来一杯酒啊，我也想“把酒酹滔滔，心潮逐浪高”！

登黄鹤楼

“昔人已乘黄鹤去，此地空余黄鹤楼。”当年果真有仙人驾鹤经过这个地方吗？又或者说，有道士画了一只会跳舞的黄鹤？

崔颢哪想得到，自他题诗后，黄鹤楼闻名遐迩，现今的游客更是络绎不绝，连黄鹤再飞来只怕也难于落脚。

“黄鹤楼中吹玉笛，江城五月落梅花。”诗仙李白肯定听到有人吹奏《梅花落》，我怎么没有听到呢？

诗仙醉了吗？他肯定看到了漫天飞舞天的梅花，我怎么没有看到呢？

我看到的是铜铸的黄鹤，看到的是层层的飞檐，看到的是江岸林立的高楼，我看到的是江中千帆竞发……

我似乎听到了一代伟人毛泽东的吟诵：“……不管风吹浪打，胜似闲庭信步……神女应无恙，当今世界殊。”那是怎样的磅礴气势！

黄鹤楼，黄鹄矶头的黄鹤楼，被毁过 7 次，重建和维修了 10 次，你果然应了“国运昌则楼运盛”之说吗？

黄鹤楼，层层飞檐的黄鹤楼，四望如一的黄鹤楼，你和长江大桥交相辉映，今日武汉三镇的大美风光尽收你眼底。

邂逅武汉受降堂

在武汉中山公园，我邂逅了武汉受降堂。

就在这地方，曾经趾高气扬的侵华日军第六方面军司令长官冈部直三郎低下了头。

就在这地方，曾经不可一世的冈部直三郎耷拉下的脑袋直冒冷汗。

就在这地方，我仿佛也看到了冈部直三郎属下的21万侵华日军也低下了头，灰溜溜地放下了武器。

就在这地方，卖国求荣的汉奸张仁蠡自此惶惶不可终日，这个臭名昭彰的日伪时期的武汉市长在发抖。

受降堂，是原先的清末湖广总督张之洞祠堂。祠堂的始建者就是张仁蠡，张之洞的小儿子。

可大名鼎鼎的张之洞，那时候如果九泉下有知，怎能接受得了这个事实？

就在这地方，那展出的图片和实物一直激荡着我的心灵。十四年抗战，那是中华民族不屈不挠的铁血长歌！

就在这地方，望着鬼子当年的头盔和衣物，我内心里真想恨恨地踹它几脚——

我不是要记住仇恨，而是要记住苦难；我不是想着复仇，而是在期盼着经历过巨大苦难的中华民族的伟大复兴！

张公亭

在武汉中山公园里遇见的张公亭，1933年建造，那是纪念张之洞的。

张公亭，那圆形和穹顶的建筑风格，我看像是一顶巨大的大清官帽。

可张公大人，他不在意这些。他平生就有“三不争”：不与俗人争利，不与文人争名，不与无谓人争气。

张公亭，秋日中静立的小圆楼，它也许会记得那位倡导“变法必自变科举始”的人，记得那位殚精竭虑兴文教、办实业、练新军的“武汉之父”。

张公亭，梧桐树掩映中的小圆楼，它也许会记得孙中山先生的感慨：“以南皮（张之洞）造成楚材，颠覆满祚，可谓为不言革命之大革命家。”

张公亭，我来时大门紧锁的小圆楼，它也许会记得这样一句话：“讲到重工业不能忘记张之洞。”

而张之洞，他自己未必知道自己是一个“种豆得瓜”的人，但他肯定知道自己“任疆寄数十年，及卒，家不增一亩云”。

张公亭，闹中取静的张公亭，公园里鸟语花香，小桥流水怡然自得，你也许会像我一样觉得，这儿有江南水乡的味道。

编织小动物的人

编织小动物的人，坐在梧桐树下的人，你从哪儿来？

编织小动物的人，微微地笑着的人，你又将到哪里去？

你用的水草还带着乡土的气息，你编织而成的蜻蜓和蝴蝶栩栩如生，仿佛它们是从乡间一路跟随着你进城似的。

编织小动物的人，我也喜欢你编织的仙鹤，它们身姿优美，又翘首远望，仿佛要振翅高飞去远方，那里正是它们的故乡？

编织小动物的人，专心致志的人，你的刀锋划过青竹和水草，也划出远方的线路。

编织小动物的人，也是编织梦想的人，我静静地看着你的微笑，我想起了那句话：“生活不止眼前的苟且，还有诗和远方。”

极目楚天舒（三章）

在坛子岭品味酒香

谁有那么大的力量，把一个巨大的酒坛子倒扣过来？

当年的美酒犒劳了大禹，那个为治水三过家门而不入的人，他醉了吗？

帮助大禹打通夔门、推开了几百里水路的神牛去哪里啦？西陵峡的黄牛岩就是它的化身吗？大禹他追上神牛了吗？

当年的中堡岛——大禹的巨舟，正静静地承载着世界上最大的钢筋混凝土大坝。

坛子岭啊，清风拂过，桂花飘香，海拔262.48米的三峡坝区的制高点，你知道，我在这儿吃了一个从家乡带来的月饼。

我没有带酒来，可我也闻到了那醉人的酒香，那沁人心脾的醇厚氤氲在青峰和高峡平湖之间……

一块万年江底石

初见你时，我以为你不是江岸边的丑石，就是山上的怪石，要是不加以说明，谁知道你是万年江底石？

“万年”也不过是个概数，实际上科学家考证，你已有 8 亿年的历史！如果不加以说明，又有几个人能知晓？

万年江底石啊，大浪淘沙，多少流水光阴从你身边溜走，你以你 20 多吨重的沉静，来诉说着大地山川的恒久吗？

万年江底石啊，无论让你回到万里长江的流水里去，还是让你继续在坛子岭上展览万年，我相信你都无所谓，对吗？

再来一个 8 亿年，你还是以你的沉默来证明，你是一块饱经磨难的、坚韧不拔的万年江底石，对吗？

我来的时候，泄洪坝没有开闸

那万马奔腾的场面在哪儿呢？那些骏马还在围栏里圈养着吗？那狂龙飞跃的景象在哪儿呢？那些巨龙还在平湖里潜藏着吗？

坛子岭啊，我没有看到那惊涛拍岸；185 平台啊，我没有看到那奔腾不息；截流纪念园啊，我没有看到那桀骜不训。

我来的时候，泄洪坝没有开闸，是我来迟了一天，还是早到了一天？我还要盼望多久，还要等待多久？

那惊心动魄的巨浪啊，你知道，更立西山石壁，我已热血沸腾；那震撼人心的波涛啊，你知道，截断巫山云雨，我已心潮澎湃；那翻江巨浪上的彩虹啊，你知道，高峡出平湖，我正激情高涨。

明净的秋阳下，和毛泽东的诗词题刻合影留念，我极目楚天舒……

初访江城（六章）

黄鹤啊，一去不复还

“昔人已乘黄鹤去，此地空余黄鹤楼”，空余就空余吧，空余的黄鹤楼还不是那么多人来看？我来看楼，也是看人，滚滚红尘，匆匆人海，有几个似曾相识？

我来看楼，可也看到了鹤，那是人造的鹤，这当然不是我心中的鹤，我的鹤也早已飞走了，像此刻的白云一样飘走了。

黄鹤啊，一去不还的黄鹤啊，你在哪儿？为什么你会像一些故事，只剩下残余的记忆？也像一些人物，只留下模糊的影像？更像遥远的故园，越来越沉静？我的歌呢？我的诗呢？我的少年梦想呢？滚滚长江东逝水，此时此刻，你读懂了我的寂寞吗？

黄鹤啊，一去不还的黄鹤啊，你知道我多想长出美丽的翅膀，你知道我多想自由地飞翔，飞到比遥远更遥远的地方，飞到湛蓝湛蓝的深处……

米芾啊米芾，我拜一拜你

米芾拜什么？米芾拜石。在黄鹤楼下，我看到米芾拜石，拜一块天生的奇石，拜一块丑石，拜一块潦潦草草的石。石是他兄长吧？拜久了，他的字就像石一样收放自如，意到笔来吗？

米芾，米芾，现在用电脑了，我很少写字了，哪一天我也寻一块奇石来拜，把石头当作我兄妹，这样我的字就会潇洒起来，飘逸起来？我也可以天马行空，可以汪洋恣肆，可以狂放不羁，可以意念合一，可以手到擒来吗？

米芾，米芾，你拜石，我拜一拜你！

汉正街的大碗藕

穿过滚滚人潮，看了江浙人的针织，看了广东人的服饰，看了福建人的鞋帽，看了湖南人的箱包，看了河南人的皮草……看了记不清的店铺，听了种种不同的方言，你累了吗？我累了。你饿了吗？我可是饿了。汉正街的大碗藕来得正好。

汉正街的大碗藕，热气腾腾一大锅，大藕加上大筒骨、排骨和尾骨，一截藕占了半个碗，还有浓浓的骨头汤……

啊，这远离家乡荷城的闹市，这闹市中的小店，你让我在这热闹的他乡也尝到了家乡的味道。此刻，让我暂且把这儿当家乡吧？美丽的店员妹子，你也像我家乡的妹子，在荷风中穿行……

哦，神奇的东湖树根

漫步东湖边，我看到许多隆起的树根，有的如伸出地面的头颅，有的似缩小的山峰，有的像紧握的铁拳，有的如大地雕刻的“凸”字。一排排、一堆堆的树根，你们为何要凸起呢？

仰望着挺拔高大的树干，我甚至觉得凸起的树根有些丑陋。不！父亲说，根深才能叶茂，没有这不起眼的树根，又怎么会有那参天大树！

我问，这些根为何凸起地面呢？父亲说，那是因为树在湖边生长，湖水丰沛时，会淹了树，树根也要呼吸，所以慢慢地就有树根凸起水面，水少时就露出来了。

哦，神奇的树根，聪明的树根，朴实无华的树根，默默奉献的树根！你永远是大树的支撑！你的静默就如我的父亲，永远是我的支撑！

静听东湖的涛声

我喜欢静听涛声，静听若有若无的声音。它们仿佛从过往的岁月传来，又仿佛从遥远的远处传来。

我不是屈子，我不行吟，不会想着“沧浪之水清兮，可以濯吾缨；沧浪之水浊兮，可以濯吾足”。我只行走，有时候，我什么也不想。

我无法穿越，无法回到金戈铁马、激战疆场的年代。可湖畔上九女墩纪念碑——纪念九个不为敌威所屈而英勇作战、壮烈牺牲的太平军女兵，让我仿佛看到了硝烟。

湖风吹拂，碑顶上悬挂的银铃叮当而鸣，这时候涛声拍岸，岂非当年的女兵们金戈铁马、激战疆场的回响？

名字遗失在历史风烟中的九个美女，太平军的军中之花，此刻遍地桂花已开，幽香正浮动，你们闻到了吗？

涛声啊，忽又变得若有若无，仿佛从遥远处传来，又向远方传去，而此刻，我什么也不想。

樱花，樱花，来年再见

我来的时候，武大的樱花早已开过，东湖的樱花也早已开过。樱花，樱花，来年再见，再见你的美丽，再见你的纯洁，再见你的热烈，再见你的婀娜多姿，再见你的灿烂夺目。

樱花，樱花，来年再见，此刻我也不会有遗憾，你知道来年我会饮一杯小酒，让酒力温润我的脸色，让我和你一样美丽，让我扑入你的芬芳之中流连忘返，让我的青春和你一起燃烧……

越秀公园随记（四章）

仰望中山纪念碑

在越秀公园观音山顶，一座纪念碑高耸入云。

沿“百步梯”，我款款而上，不经意间登了498级台阶。

周围郁郁葱葱的树木，焕发着勃勃生机，也送给我阵阵清凉。

阳光下的纪念碑，我看到那“总理遗嘱”光彩夺目：“余致力国民革命凡四十年，其目的在求中国之自由平等……”

我仿佛看到一个一生颠沛流离、四处奔波的人，看到他那坚毅、睿智的目光，也仿佛听到了他殷切的话语：“现在革命尚未成功，凡我同志务须……继续努力……”中山先生，他代表着的无疑是一个时代。

中山先生，是勇敢无畏的人，是一生不懈奋斗、始终坚韧不拔的人。中山先生，“天下为公”的人，民主革命的先行者，“起共和而终二千年帝制”的人，为了改造国家而耗尽毕生精力的人，一块高37米的纪念碑，树起了他的丰碑。

在镇海楼远眺

越秀公园小蟠龙冈上有巍峨壮观的镇海楼，我更愿意称它为红楼。

你看，那底下二层的围墙是红砂岩石砌造的，三层以上的砖墙也是红色的。红楼更容易做梦吗？

最初修建红楼的是永嘉侯朱亮祖，他曾参与朱元璋攻灭陈友谅、张士诚等战斗。朱亮祖在红楼做过梦吗？

朱亮祖镇守广东时，“所为多不法”，还使朱元璋冤杀了番禺县令道同，最终他也断送了自己——与长子朱暹共同被鞭死。

镇海楼，镇海楼，现今的广州博物馆，我在馆内漫步参观，不单想着明朝的一些事，也仿佛一下子穿越了两千多年的时光。

“未登五层楼，不算到广州。”镇海楼，它以历史文化底蕴的丰厚而成为广州市标志性建筑之一。

走出楼道观望，当年那“大海”——浩瀚接天的珠江在哪儿啊？我望见的是林立的高楼。

“万千劫，危楼尚存，问谁摘斗摩霄，目空今古；五百年，故侯安在，使我倚栏看剑，泪洒英雄！”倚栏看剑的彭玉麟也安在吗？

我没有剑，我有大炮，我和楼前那一门门大炮合影，我仿佛看到了它们几百年前击退倭寇的样子……

在明代古城墙下沉思

越秀公园现存这段明代古城墙，迄今已有600多年的历史。

它是广州城垣的历史遗产，也是国家级文物保护单位，站在它的面前，我如同置身于无言的历史。

那镇海楼，它曾经“雄镇海疆”，但它少不了这段城墙的保护。

那镇海楼，它曾为“岭南第一胜览”，这段城墙显然为之添了砖。

那镇海楼，经历过五修五建，那么这段城墙它同样经历了一次次的战火。

岁月如流，时光斑驳了城墙的青砖，褪色了城墙红砂石墙基，但谁能说城墙不是雄风犹存？

轻轻抚摸着这古老的城墙，我感叹时光流逝的同时，也赞叹城墙中长出的大树，它密密麻麻的根须仿佛无数只壁虎在向四面八方爬行。

我坚信，这城墙中长出的大树已和城墙融为了一体，它的生命力一定会和古老的城墙一样顽强。

绍武君臣冢

滚滚向前的历史车轮谁又能阻挡？

绍武君臣，越秀山公园的木壳岗风景还是不错的，你们君臣十五人总该早已安息？

别说大明王朝早已了无踪影，就是后来近三百年的大清王朝还不是被埋入了历史的荒草丛？

“起共和而终二千年帝制”的人——中山先生，越秀山南麓半山腰就有他的读书办公处，观音山上也有他的纪念碑。中山先生只做总理、大总统，不做皇帝。

而朱聿鐭先生要做皇帝，日暮途穷之时做了一个月的绍武皇帝，过了把皇帝瘾。那个粉饰太平、重用奸佞的苏观生则做了宰相，又过了把宰相瘾。

绍武皇帝，在昆明有个地方叫篦子坡，后来因桂王朱由榔，那个和你相争的永历皇帝，篦子坡已改为了迫死坡。

绍武皇帝，你们君臣尚有一块碑石和一抔黄土，总可以安息了吧？

寒山寺写意（二章）

寒山寺的钟声也传到了我的客船

如果我来的时候是半夜，如果我是乘坐着一艘小小的客船，如果此刻城市回到从前，回到烟雨迷蒙的唐朝，如果我叫船家把客船停泊在枫桥边，那我就是一千多年前唐代那个孤独的诗人，那寒山寺就是姑苏城外名不见经传的荒野小寺了。

此刻，我在夜凉如水里看着月落，听着几声乌鸦的啼叫，我知道满天都结霜了，江岸边寂静的枫树上秋虫微弱，江面上渔火点点，只有我独自对愁而眠，这时候寂寞的寒山寺那若有若无的钟声，传到了我乘坐的客船里来了。如果这样，我就是那个寂寞、忧愁的旅人张继，在那一夜泊出了千古绝句，让一代又一代的文人可以寄托闲愁离绪。

寒山寺啊，那绵延千年不断的钟声，触动了多少人的愁绪，敲开了多少人尘封的美好和感动？

如果我是那个落寞的诗人，我就在那飘飘袅袅的钟声里沉睡和入梦，明早再继续起程。

我会不会坐成一块听钟石？

“山不在高，有仙则名；水不在深，有龙则灵。”枫桥镇上的小小寺院，没有大雄宝殿金碧辉煌、宽阔宏大，没有庙宇依山而建、神秘幽深，没有崇山峻岭巍峨衬托。

但它拥有自己独特的钟声，这就足够了。寒山寺啊，为什么我会像那一块听钟的石头，时常静静地倾听？

倾听半夜的风声，倾听半夜的雨声，也倾听半夜的歌声，多少刻骨铭心的记忆，早已成了尘封的记忆。

多少久远的故事，都已在风中飘散。可我仍在这儿执着地守望，像寒山寺那一块默默听钟的石头。

听钟石，听钟石，你还记得寒山拾得的问答吗？昔日寒山问拾得：世间谤我、欺我、辱我、笑我、轻我、贱我、恶我、骗我，如何处治乎？拾得云：只是忍他、让他、由他、避他、耐他、敬他、不要理他，再待几年你且看他。

探访冯子材故居（二章）

空荡荡的宫保第，寂静在弥漫

寂静的广西钦州市白水塘村，宏大的宫保第霸气地静立。

宽广的练兵场上，当年那些练习刺杀搏击的人，那些长鞭子的人呢？

青砖墙垣，陈旧木门，格木窗，硬山顶，灰沙筒瓦盖……时光的旧胶片，也记录了这里的风声和雨声吗？

“不逐法寇，安我边境，誓不还乡！”我好像听到了那洪亮的声音，我也回到了百年前的光阴吗？

那个焚香起誓的人，他不就是年近 70 岁的冯爷吗？这不正是“老骥伏枥，志在千里”吗？

我看到队伍中行进着一副棺材，那正是冯爷他带着两个儿子抬棺出征。这不是“待从头、收拾旧山河，朝天阙”的气概吗？

血性男儿冯子材，一个“短衣草履，佩刀督队”的老将，他身先士卒，主动出击，连续追击，大败法军于镇南关，歼敌 1000 多人，这便是震惊中外的镇南关大捷。

那个以推行殖民扩张闻名的法国茹费理内阁倒台了，在冯爷这老头儿面前，看他还有何嚣张气焰？抗法名将冯子材，他以赫赫战功载入了史册。

今日的宫保第天井里，那静立的兵器架上，那些曾经壮怀激烈的刀剑仍很沉，沉得我无法提起……

空荡荡的宫保第，寂静在弥漫。

在卧虎地倾听温柔的鸟语

三个状如伏虎的小山丘环绕宫保第，那是“卧虎地”——当地百姓说。

一百多年的风吹雨打，山丘上的泥土不知道是否已流失了一些？毫无疑问，宁静的卧虎地树木园，让我又一次返回了时光的深处。

我相信，那浓密的竹子林，是原先的竹子林。当年，主人在竹子林间溜达过。那些雨后的竹笋，有的被厨子折断，最终上了餐桌，而剩下来的竹笋，一茬茬长到了现在。

我相信，那参天耸立的相思树，也是当年的。当年的主人在树下仰望过天空，仰望过南归的大雁，他兴奋过，也曾叹息过。树上的鸟声还是当年的吗？

一切都已远去了吗？百年的时光也是转瞬即逝的吗？冯子材，当年86岁了仍戎马倥偬的人，他最终还是病发倒于军中。

流水就这样带走了一个人的光阴，也带走了他效忠的王朝，带不走的却是他的传奇故事……

茂林修竹的宫保第，绿草如茵，阳光下的“三排九”特色建筑，当年的气息挥之不去。可四下环视，卧虎地的卧虎如今躲藏于何处？

我和茁壮的竹笋合拍了一张相片，我相信，这竹笋明天将是一根好竹子。

走近三宣堂（三章）

我看到一只猛虎

“枝栖古越，派衍彭城”——他从汉高祖刘邦起义的彭城繁衍而来的，定居在古属百越之地的钦州，那是一只猛虎，在广西钦州市板桂街伺机而动。

板桂街三宣堂门墙上有一个大大的“虎”字，是刘永福写的。回首那个当年戎马生涯、驰骋疆场的人，我感慨万千。

一个曾经虎啸风生的人，他能不是一只猛虎？他举黑旗为帜，他的黑旗军在抗法援越和抗日保台中，刮起了让人瞩目的黑旗旋风！

一个曾经如龙似虎的人，他怎能不是一只猛虎？他“诱斩安邺，覆其全军”，什么不可一世的法国战争狂人，还不是成了黑旗军的刀下鬼？

一个曾经龙骧虎步的人，他怎能不是一只猛虎？举世闻名的纸桥之役，那个法国国会任命的李威利总司令，还不是被送上了西天？

一个曾经生龙活虎的人，他就是一只猛虎！在面对强敌的悲壮肉搏战中，号称日本最精锐的近卫师团一千余人还不是葬身于八卦山？

一个本来就是人中龙虎的人，他岂会是懦夫？在窃国大盗袁世凯与日本签订丧权辱国的“二十一条”时，年已 79 岁的他闻讯后能不义愤填膺？

在三宣堂的“请缨堂”，我依然感受到了老将军当年请缨抗日，要以“老朽之躯”与敌人决一死战的决心和信心！

“刘二打番鬼，越打越好睇。”这是钦州一句民谣。一句民谣，写活了一个猛虎下山一样的人，他正是民族英雄刘永福！

一个有福的人

三宣堂门墙上还有个大大的“福”字，那是慈禧太后写的。实际上，太后写不写这个“福”字，刘永福都是一个有福之人。

他“起迹田间，出治军旅”，在越南抗法时战功显赫，被越南王封为“三宣提督”，掌管越南山西、兴化、宣光三省，能不是有福之人？

中日甲午战争之后，他“誓与台湾共存亡”。在孤军作战、没有后援的情况下，他与日军作战百多次，毙敌3万余人。在弹尽粮绝的情况下，侥幸死里逃生，能不是有福之人？

一个有福的人，他就能逢凶化吉。有人曾收买他家仆人，在他床下放置了一桶火药，并插上了一支点燃的香，意欲谋害他，而他养的大黄狗却救了他全家。

刘永福，一个出身贫苦农民家庭的人，8岁时就开始干农活，13岁在船上当水手，15岁时成了引航的“滩师”，20岁时加入了天地会……74岁时他还参加了孙中山领导的同盟会，成为民主革命的先驱者。一个有福之人，他正是以热血抒写了自己波澜壮阔的一生。

一个有福的人，他“临阵不畏死，居官不要钱……只知捍卫社稷，不使外洋欺我中国为责任”。他的赤诚爱国之心洋溢于字里行间。

一个有福的人，他不畏强暴，敢于同敌人血战到底；一个有福的人，他的家里才会有“拒贿庭”——有人想用重金赎回法军司令李威利的一撮头发，得到的是刘永福的严厉训斥。

一个有福的人，清湖广总督张之洞称其为“为数千年中华吐气”的“义勇奇男子”，信夫！

三宣堂粮仓

三宣堂粮仓，那是正宗的家族大粮仓。

占地面积为1500平方米，建筑面积为360平方米，囤满粮食，可供2500人吃上一年。刘永福，他家里有多少人？

他家里也没有多少人，他一个戎马一生、南征北战的人，他想到的不过是兵马未动、粮草先行。

“年终失收始觉荒，肚饿去找三宣堂。”那些得到过救济的贫民，他们吟出了民谣，“远亲不如近邻，近邻不如刘大人。”

板桂街以前也叫寡妇街，黑旗军数百名遗孀遗孤就安置在这儿，三宣堂粮仓也就成了他们生活上保障。

在三宣堂粮仓内漫步，我读懂了一个将军的爱民之心。

在泸州品美酒（二章）

善哉，中国第一窖

在泸州，百岁以上的窖池有1000多口，而400多岁的老窖池，那是明代的窖池，是国家级保护文物。

老窖池中的数百种有益微生物，它们也是百岁以上的“老菌”吗？在飘着浓郁酒香的老窖泥中，庞大的微生物群落，它们怎样在细腻的黄泥中默默地酝酿？

这是多么的神奇啊！老窖泥中的微生物，它们不理会岁月的变迁，也不懂尘世间的灰飞烟灭，它们只知道一如既往地酿造着芬芳！

参观老窖池的时候，那袅袅飘起来的酒香已让从不饮酒的我有微醺的感觉，如果真让我品味这玉液琼浆，我肯定会醉了。

中国第一窖啊，那就是“泸州老窖”，数百年来未曾损坏，一直保持着最初的风貌。老窖泥中的微生物，它们也不忘初心?

“泸州老窖”，是中国酿酒史上的奇迹。“泸州老窖”，如果它排第二，哪个窖池敢排第一?

400多岁的老窖池，以世界文化遗产的奇迹，载入了吉尼斯世界纪录，善哉!

在泸州品美酒

在泸州品美酒，泸州老窖让我似醉非醉，我知道，那是好酒。国际诗酒文化大会的酒，能不是美酒?

“诗是酒神的产物，诗是酒神精神的一个外化……”张清华教授关于诗酒同脉的精彩演讲，让我看到了诗酒光芒的交相辉映。

写作要有自己的根据地，要有实证精神，要合乎情理逻辑，要贴着语言写。谢有顺教授说的写作“四要”，让我有如醍醐灌顶。

还有傅庚辰、欧阳江河、叶开、李少君、鲍国安、陈晓光等等文化大家的论古道今，那是一道道诗酒歌文化的美味佳肴。

著名表演艺术家殷之光、曹灿、鲍国安，他们的精彩朗诵让大气磅礴的诗作如酒香飘溢，又让我品尝到传统文化的“诗意浓香”。

光影绚丽，美轮美奂，让人如痴如醉，那是中国歌剧舞剧院的《品味中国》；更有大型民族舞剧《孔子》，那精妙的舞蹈演绎出万世师表的智慧光芒……

酒不醉人人自醉。在泸州品美酒，我陶醉了，陶醉于诗酒文化的博大精深，陶醉于传统文化老酒一样的芬芳……

北京路上（五章）

在许地左顾右盼

名为“许地”的小巷，青苔染绿了风雨侵蚀的墙壁。墙砖夹缝中露出来的绿色植物点缀了小巷的寂寞。

可就是在这条幽静的石板街里，走出了清朝广州著名盐商许拜庭，走出了抗夷有功的许祥光，走出了“许青天”许应鑅、廉洁清官许应锵，还有礼部尚书许应骙。

也是在这条夹窄的小巷里，走出了民国粤军总司令许崇智，辛亥革命元老许崇灏，著名教育家许崇清，东征“铁血将军”许济，红军名将许卓，潜入国民党重要军事机关的地下工作者许锡缵，还有中华女杰许广平……

“田尔田，宅尔宅，念先人创业艰难，冀汝子孙克勤克俭，永垂不朽；亲其亲，长其长，愿汝辈居家和睦，毋忘乃祖厥功厥德，勿堕家声。”许氏家训仍在，雕花依旧，可是朱颜已改。

百余年的政治风云变幻，就像我在巷口时仰头看到的白云，一闪而过。许地，谁能告诉我，这些斑驳的青砖大屋里，曾经的广州第一家族，会有多少神奇的故事？

我想起稼轩兄在京口北固亭的怀古诗，他说，风流总被雨打风吹去……

过高第街

阳光在高第街内流淌，流淌在一间接着一间的店铺里，流淌在一沓沓的内衣内裤和一件一件小商品上，也流淌在一个诗人的眉宇间。

作为一个左顾右盼的旅人，我只想着流金岁月。当年滑爽、凉快的香云纱呢？当年的广东土布呢？当年加工唐装、丝绵衣的商铺呢？

“标明货价真不二，揭破折扣假面具。”九同章棉布商店醒目的警语，曾经是多少人难忘的一段记忆？

都说光阴如流，流水光阴带走了那些洋服装店，当然也带走了清代至民国期间的“苏杭杂货”。

光阴也带走了那个坐在牙刷上的人——他用钳子拼命拔毛，但大汗淋漓也没有拔出一根。这“一毛不拔，脱毛包换”的梁新记牙刷广告已尘挂在高第街记忆的深处。

走北京路，入高第街，如雷贯耳的高第街，我什么也没有买，我找到了“许地”，想不到它落寞在拥挤残破的小巷之中。

望了一眼永汉电影院

也许很久之前，我在里面看过电影，比如看过《马路天使》，看周璇的青春模样，看她美丽的眼睛，再听听她细嫩甜美的歌声：“春季到来绿满窗，大姑娘窗下绣鸳鸯……”

也许我真的就在里面看过电影，比如看《风云儿女》，看享乐生活的诗人最终走上了抗敌的最前线。

我好像就是刚刚在里面看过电影，看《中国机长》，看一场世界航空史上的奇迹，看一个机长的沉着冷静、勇于担当，看一个团队的精诚团结、力挽狂澜。

实际上，我只是望了一眼永汉电影院，这家1927年建成的电影院，它让我脑海中闪过了几组镜头。

而我还未曾走近它，便和父母穿过了北京路的人流，先去寻找充饥的地方。

来自一碟肠粉的安抚

是名店老店就有人等，等前面的人吃过了空下座位。也有人不愿意等，就在店门口站着吃。

一碟肠粉而已，在人流如织的大街上，谁会在意你的吃相？人间烟火，行走在红尘之中的人，谁又能远离？

为了吃它的白如玉、薄如纸，吃它的爽滑微韧、味道鲜美，我等一下又何妨？

付款的时候，我看到玻璃门上的招工广告，招的是洗碗杂工，月休4天，8小时工作，月薪3400—3800元。

现在我想，热气腾腾的肠粉，它的美味安抚了饥肠辘辘的人，也一定会安抚吃苦耐劳的人。

在大佛寺小憩

在大佛寺大叶榕下，有三个走困了的人，母亲独自坐着，佛堂里轻柔的诵经声好像很容易让她入定。而我背靠着父亲厚实的脊背，在感受他均匀的呼吸中闭目养神。

种于1737年的大叶榕，枝柯交错，绿荫蔽天，为我们遮挡了炽热的秋阳。这样一棵久经岁月风霜的大树，不知道它听过多少梵音？

差不多三百岁了，也许大叶榕你见过不少疲惫的人？不知道你有没有过困倦？你累的时候，也要小憩吗？

大叶榕啊，我听到几声鸟鸣，似是睡意阑珊，这也是你的睡意吗？你的睡意把阳光筛成斑驳的碎片，铺在满地的红尘上。我和我日渐衰老了的父母在这红尘中歇息。

南海神庙的古树名花（四章）

古树木棉花又红

神庙大殿前有两棵大名鼎鼎的木棉树，那是广州市第一号和第二号古树名木，要四人才能合抱的大树。

每年的南海神诞，恰逢木棉花开，看那苍劲的古枝上缀满的硕大花朵，仿佛一树红霞。

古老的木棉树啊，经历过多少风雨岁月仍然傲然挺立！看到你们怒放的花朵，我想到了顽强，想到了生机勃发。

西边的那棵木棉尽管受到过雷击，树干上部被击断过，但雷电击不垮它坚强的意志，它顽强地生长着，又伸出了不少巨大的横枝。

古老的木棉树啊，那红硕的花朵，是春天里如火的激情，是千年古庙依然年轻的样子，在冬去春回的日子里笑傲苍穹。

金花朵朵木棉黄

几株开黄花的木棉树，多么奇特！我眨眨眼睛再仔细看，对，是金黄色的木棉花！

是金色的阳光给它们更多的抚爱吗？在我仰望的时候，只听“啪”的一声，一朵木棉花恰好落到我面前，我立刻捡了起来，好像捡起了一个金黄色的微笑。

多么柔和的金黄色啊，正散发着阳光的味道。这金黄色的木棉，它是红木棉的兄弟或姐妹吗？

在南海神庙，如果说，红木棉像点燃的红蜡烛，那么金黄色的木棉，就是香火了。

哦，大自然为我点燃了红烛和香火。

海红豆何时挂满枝头？

海红豆是南海神庙里最古老的树木。我在树下抬头仰望，从一根树枝扫描到另一根树枝，从东边扫描到西边，从底层看到上层。

阳光在树梢上熠熠闪亮。一只翠鸟在枝头上嘀咕着什么？不必惊慌吧，美丽的翠鸟儿，我没有恶意。

过路的游人，也不要好奇，毫无疑问我在寻找，看看有没有往昔的诗意仍红在枝头。

我想起古代那个在树下翘首盼望的女子，她的泪珠滴落在豆子上。她思念的人，不知道是否会回到她的身旁？

我也想起王维的诗句，可是，此时连花期都没有到，我到哪里去采撷啊？

美丽的翠鸟儿，忽然间你倏地掠去，倒让我不知所措。可爱的翠鸟儿，红豆挂满枝头时，你又会飞回来的，对吗？

400岁的皂荚树沙沙作响

400岁的皂荚树，像不像一个400岁的老人？它静静地站在南海神庙的西边。夕阳西下，清风中的羽状复叶轻轻晃动。

400岁的皂荚树，就是一个400岁的老人。它肯定听说过，400年前的“红丸案”“移宫案”，大明王朝因此换了新君。

五年后的六月，延安大风雪持续了三个月。而济南飞蝗蔽日，庄稼被虫口一扫而光。是年大饥荒，致人相食。

又五年，后金陷永平，农民起义军攻入山西。一个叫李天成的人谙用地雷，试有成效……

时光荏苒，400岁的老人，在他20多岁的时候，他看到了大明王朝的大厦轰然倒塌，那历经十六帝、享国276年的王朝一去不返。

人生天地间，若白驹过隙，忽然而已。400岁的老人，忽然又看到传了十二帝、享国276年的大清王朝轰然倒塌。

“万里波澄”，那是康熙四十二年（1703）皇帝亲笔书写的字，后来被制成了牌匾由专人送到了南海神庙。

400岁的皂荚树，细腻的年轮里会刻下皇帝手书的影迹，也会记下那年的风，那年的雨？

而石牌坊上的“海不扬波”四字，肯定也是400岁老人的期盼和祝福。

400岁的皂荚树仍然青葱翠绿，400岁的老人仍耳聪目明。400岁的长者啊，晚风吹来羽状复叶枝条的沙沙响声……

又见莞香花儿开（三章）

莞香树下

东莞莞香园，数不清的莞香树在静静地生长，数不清的莞香花在五月里芬芳。

五月，我从一棵莞香树下，走到另外一棵莞香树前，我抬头凝视这一簇莞香花，又透过枝叶用目光触摸那一簇，这一簇簇的莞香花啊，它们的样子是多么的清纯！

五月的莞香花，它们娇小但妩媚，它们仿佛羞涩的少女躲藏在枝叶之间，看啊，它们明净的脸庞多么的阳光！它们笑容可掬，倾情绽放！

在莞香园，每一个人都陶醉着，陶醉在拂面的香风之中，陶醉在灿烂的阳光里。

我喜欢的孩子们，他们像蝴蝶一样追逐着，欢笑着；我赞叹的长者，他们有的像小鸟儿一样啾啾地呼应着。

我佩服的学子们，他们在花香里朗诵着青春的诗篇；我欣赏的恋人们，他们有的像莞香花一样微笑地簇拥着。

如梦幻一般啊，这一朵朵的莞香花，轻轻地飘落在我的眼前，飘落在我的身上，黄金一样的美好，多么让我爱怜！而我的诗意像一只小蜜蜂，在莞香花中快乐飞翔……

躺在网兜吊床上的少妇

在山清水秀的佛灵湖，我看到一个躺在网兜吊床上的少妇，两棵荔枝树好像就是她的朋友，为她平稳地拉着网兜，还为她撑起了大片绿荫。

荔枝树就是她的朋友，还引来了小鸟儿为她清唱，甚至还为她轻摇枝叶，是要为她送来凉风，为她唱摇篮曲吗？

这儿绿树青葱，空气中弥漫着野花的芳香，洋溢着大森林的气息，难怪躺在网兜吊床上的少妇那么惬意！

她是流水线上的工人？是校园里的园丁？是白衣天使？是售货员？是机关里的白领？

此时的她是多么安宁，安宁让她更加耐看，尽管她在闭目养神，看不到爬在地面的树根，看不到飞过眼前的蝴蝶，但佛灵湖，这块“镶嵌在东莞大地的一颗绿宝石”，依然是她的，包括树顶上的白云，也是她的。

她的丈夫和儿子在旁边烧烤，我看到她轻轻抚了一下微隆的肚子，这时候，她的微笑比阳光还甜美……

一群来烧烤的年轻人

一群来烧烤的年轻人，当然也是一群要休闲一下的人。他们天南地北的口音，如同树梢筛碎的阳光，毫无违和感。

他们烧烤韭菜，烧烤茄子，烧烤土豆，也烧烤鸡翅。牛肉片也被他们串成了音符。他们让这天然氧吧，多了人间烟火味。

有人在哼歌，有人在嬉戏，间或传来了哈哈的大笑，把我原先的些许忧伤，也笑没了。

朝气蓬勃的人，竟然打起了一套拳，还来了两个鲤鱼打挺，间杂又醉拳了一下，赢得了阵阵喝彩。

一个男孩和一个女孩在朗诵诗歌，他们的目光中有故事，他们的梦想也在远方吗？

我看到有人挥动鸡翅，似乎在招手？可我没有看到呼应他的人……

在荔枝湾流连（三章）

遇见南越王赵佗和说客陆贾

我遇见他们的时候，他们已酒过千巡，但仍然频频举杯，相谈甚欢，旁若无人。

“哈哈，想当年……”爽朗的笑声破空而来，穿越了两千多年的时光。

“我与萧何、曹参、韩信比，谁厉害？”“你似乎比他们强一点。”

“那么我和你们汉朝皇帝比起来，又怎样呢？”“你这里相当于汉朝的一个郡而已，岂可与汉朝相提并论！”

“如果我在中原，不见得不如皇上啊！”赵佗，他的大笑让头上的冲天辫儿晃荡了几下。

我似乎看到这个宣称自己是“蛮夷大氏老”的人，低下了头，从陆贾手上接过了汉高祖刘邦赐予的“南越王印绶”。

一个是称霸南越的大佬，一个是抛出了橄榄枝的说客，我遇见他们的时候，他们的塑像在金秋的湾畔泛着油光。

“和辑百越”的人，赵佗，他听从了陆贾，顺应了历史，也就为荔枝湾留下了一段佳话。

在大榕树下看粤剧

我来的时候，荔枝湾的戏台上有人在唱粤剧，大榕树垂下无数气根。

我坐在大榕树下的时候，戏台上的花旦正在唱着，并且做着手势，数声鸟鸣从茂密的枝叶间漏了下来。

我举起手机要拍摄的时候，戏台上走出一个气宇轩昂的小生，不知道他在说着什么。

有的看戏人走了，有的游客又坐了下来。而戏台上那两个角色，不知道他们下一步会上演什么情节？

这千年戏台，上演过多少波澜壮阔？多少缠绵悱恻？多少豪门恩怨？多少忠孝节义？

大榕树它冷眼看尽繁华，而大戏台也习惯了潮起潮落。盈耳的丝竹诉说了什么，我似懂非懂。

傍晚时分，我抬头望了望大榕树，大榕树气根轻轻摆动了几下，似乎是刚刚伸了伸懒腰。

钵子糕走入了我的记忆

深秋的荔枝湾，我见到了一湾溪水绿，但未见到两岸荔枝红，我见到的是一种有名的钵子糕。

卖钵子糕的人，他的肚子微挺，是钵子糕饲养出来的吗？他卖的是“独家首创”的钵子糕，是“清香无比”的钵子糕，是“爽滑弹牙”的钵子糕，是电视台“争相报道”的钵子糕。

在荔枝湾，我没吃到荔枝，就吃了2钵钵子糕，5元可以买4钵的钵子糕，我的父亲和母亲也各自尝吃了一钵。

你知道，那个钵，只比铜钱大一点儿。你知道，那小小的钵子糕，它会留在我的记忆里。

04 渴望一场雨

大　地（四章）

迎春花

没有梅花的耐寒，我就稍后一点开放吧。乍暖还寒的时候，你就可以见到我，或在村口，或在小河边，或在山坡上，微笑地张望。

没有桃花的艳丽，我就素雅一点。没有玫瑰的芳香，我就淡雅一点。没有木棉的高大，我就踮起脚尖，小小的我从来都很开心。你看，那金黄色的花儿，是不是像我的微笑？我的微笑是不是很清纯？我的眼神是不是很清澈？

春天啊，万物生长，螽斯振振，也许不缺一个小小的我，可我的根已深深扎入大地，严寒和磨难早已成了记忆，我的梦早已醒来，我为什么要忧伤呢？我的心地啊，早已有了春天，我的心地啊，繁花似锦已经到来……

春 水

我觉得窗外的烟雨，这就是春水，它包含在春风里，它凝结在大地返青的叶尖上，凝结在万树万木迎春的花瓣上，它晶莹透彻，滴落大地，汇成溪流，涌入大河，奔流入海！

春水啊，冰雪为你消融，春芽为你萌动，山花为你歌唱，小鸟掠过长空为你壮行，万象都在更新。我走入春天的怀抱，向着远方招手，千山都在回望。

春水啊，你向东流去，你经过的每一寸河山，每一片绿叶，每一个村庄，每一座城市，它们全部变得温暖起来。你洗过了的眼眸，看大地更辽阔，看高山更清晰，看远古更写意，看内心更透明。

大地

我喜欢大地的厚实，喜欢大地上生长的万物：野草茂盛，树木成林，鲜花盛开，稻浪扑面，飞鸟鸣唱，高山连绵，山溪清澈，江水滔滔，沧海横流……

我喜欢大地的沉静，孕育一切，也消融一切。大地孕育山村，草木萌芽，万物生长，炊烟升起，收获喜悦和泪水；大地孕育城市，脚手架耸立，高楼崛起，车水马龙，灯红酒绿。

大地孕育清纯，温柔，潇洒，热情，奔放，陶醉，激情；大地消融忧伤，痛苦，懦弱，冷漠，也消融落叶，腐烂白骨……

也有过山崩地裂，岩浆喷涌，平地惊雷，可亿万场大雨飘落、冲刷，何曾见过大地升高至天空？

千万年历史消散、掩埋，何曾见过大地隆起至星辰？大地上，一切都像青春，终将散场，而又超越，永生。

大地啊，我喜欢你的古老，也喜欢你的年轻；喜欢你的深沉，也喜欢你的厚重；喜欢你的生机勃勃，更喜欢你的壮美辽阔！

小野花

恐怕没有人像我一样，喜欢这样的无名小野花，它们长在草丛中，长在山沟里，长在石缝中，长在墙角边，不留意还不一定看得见。

我喜欢它们的清纯、淡雅，喜欢它们的歌唱，我觉得它们是会唱歌的。你看它们娇小曼妙的身影在春风中摆动，一定是唱了很好听的歌，只是歌声太小，我还没有听到。而蝴蝶肯定听到了，飞过来，在它们的歌声中翩翩起舞呢。

我喜欢它们的落落大方，拨开茂密的草丛探出头来，它们不害羞。在高大的树下仰起头来才能呼吸到阳光的芬芳，它们也没有怨言。在石缝中，在墙角边，只有小小的生存空间，它们也很快活地成长。即使暴风雨来临，它们照样能坚定无悔，默默迎接风吹雨打，走好自己人生的每一步。

小小野花啊，没有名气，但心里也有春天，我就喜欢你们这样的朴实宽厚，喜欢你们这样的沉着淡定，喜欢你们总能在寒冬的沉睡中准时醒来，年年静静地绽放。

春天的模样

春天的模样，那是春回大地的万象更新，是莺歌燕舞，是姹紫嫣红，是春深似海……

那模样也是旧时相识？比如桃花，南山寺的桃花，开在像雾像风又像雨的迷蒙之中。每一朵桃花上都有晶莹在闪亮，如同爱的润泽。

寂寞的桃林，清静的古寺，梵音在山间缭绕。我在桃林中漫步，花瓣落在我的眼前，这些尘世中的粉红，如同梦里的幻想。

那模样正是旧时相识？又如马草江，夹岸桃花蘸水开，开得比南山寺的热烈一些，像红霞，也像谁的心花怒放。阳光从枝叶间滑下，我听到了清脆的鸟鸣声。

清风中的柳丝在江面上风情万种，如花的蝴蝶在花间轻歌曼舞。我倚靠着桃林中的青石微笑，那样子可是往年的模样？

那是草长莺飞，是春风满面，是春山如笑……这春天的模样，也是从前的模样？我从春天里来，又从春天里出发，在春和景明中行进，车站的人潮如涌，也是从前的模样？

可我知道，回眸之间，有的春梦已了无痕迹……

我们在春天里赶一场约会

阳光和煦，万物生长，我们在春天里赶一场约会。说走就走，还回头找什么草帽，更别说雨披。拽住一阵春风，就当骑在马背上，快乐前行，还有什么能阻止我们？

走吧，在梦想开花的季节，如果脆弱的心曾经有过伤痛，也会像这冰凌一样，早已化为流水。如果寂寞的等待曾经太漫长，也会像那茫茫飘雪一样，早已飘得无影无踪。

走吧，总不至于回头去寻找一把遗失的钥匙吧，你看，青草鹅黄，蜜蜂追花，大河奔跑，春雨洗净了万物，我们敞开了心扉，大地会精神抖擞。远方能有多远？

走吧，春风吹拂，道路通畅，桥梁坚固，远方早已在前面等待我们！我们，在春天里赶一场约会……

聆听春天的声音（四章）

听《春之声圆舞曲》

春之声在哪里？就在小约翰·施特劳斯滑动的指尖上，在他的满面春风里，也在我的心里。

我陶醉于春姑娘轻盈的步伐，陶醉于春山如笑，陶醉于春色撩人，陶醉于春来江水绿如蓝。

我陶醉于春水泛起来的层层涟漪，陶醉于春风轻晃的每一根柳枝，陶醉于小鸟飞过蓝天和每一声甜蜜的歌唱。

我怎能不陶醉？大地万物复苏，春光如此明媚！春姑娘华尔兹舞步掀起的风儿，那正是春天的气息。

我的目光追逐着它的步履，穿过了春日里的阴云，穿越了大地的花红柳绿，在明媚的阳光中翩翩起舞……

春之声在哪里？就在冰雪消融后的草长莺飞里，就在万水千山的姹紫嫣红里。

听《快速列车波尔卡》

野兔在草丛中竖起了耳朵，小鸟在枝叶间探出了小脑袋，这快车要奔向何方？

山丘似波涛起伏，行道树似骏马疾驰而过，这快车要奔向何方？

爱德华·施特劳斯，你翘起了两撇漂亮的山羊胡子，你的快速列车一定是奔向远方，那肯定是梦里的故乡，也是情人的故乡。风正从那儿吹来，风里可有她的体香和长发的气息？

原野上，金色的麦浪微笑地点头；身着黄色大衣的竖琴手，施特劳斯，我也看到你的微笑。

你的微笑如行云流水，可是你的蒸汽快车有我的车快吗？眨眼之间，我已把你远远地甩到了后头。

那是风驰电掣的复兴号，我的动车奔跑在明媚的阳光中，穿过小鸟甜蜜的歌声，奔向春天的怀抱……

听《蓝色的多瑙河》

多么宁静的早晨！蓝色的多瑙河在晨光中苏醒，微风荡起的涟漪仿佛小提琴在轻诉，弥漫在河面上的薄雾也渐渐散去。

多么古老的城市！郁郁葱葱的维也纳森林在视野里环绕。宏伟的哥特式建筑拔地而起。鸽子掠过了古老教堂的尖顶。

小约翰·施特劳斯，“圆舞曲之王”，你的金色雕像在森林公园的晨光中熠熠闪光。你拉动的琴弦，在 D 大调上跳跃，在降 B 大调上起伏，小鸟们都来和声。

轻柔地跳起来吧，优美的华尔兹！就在这美丽的多瑙河畔，我们已经翩翩起舞！

轻松地转起来吧，欢快的华尔兹！我们的笑声如同阳光洒落在多瑙河上，河面泛起了粼粼波光！

这一群朝气蓬勃的小仙女，她们来自南阿尔卑斯山脚吗？她们欢快地旋转着，仿佛那些洁白的鸥鸟，轻巧地就能飞过多瑙塔的塔顶。

多么动听的旋律！优美的乐曲声中，我看到河畔金黄的迎春花、七彩的郁金香、粉红的桃花、鲜红的玫瑰……各种各样的花儿正在次第开放。

春天的气息扑面而来。美丽的多瑙河，蓝色的多瑙河，波纹荡漾如同春天的气息沁人心脾。

我坐上了飞艇，划开了蓝色的水波，在花香和城堡中快速穿梭……

听《维也纳森林的故事》

维也纳森林里有什么？有无尽的碧绿，有原始的阔叶林，那是优美的桐花、参天的山毛榉、古老的榆树、高大的槐木……树林之间铺展着流畅的大草原，那是开满了鲜花的牧草场。

那里有悠扬的牧歌，笑意恬静的牧人；有无数清流小溪潺潺而过；有古朴的村庄，转动的旧磨坊，生机盎然的葡萄园。阳光透过大森林的浓雾照亮了婉转的鸟鸣，照亮了爬满青藤的森林小屋。

宽阔的大草坪上，有兴高采烈拨响齐特尔琴的笑脸；单簧管、双簧管吹出了大森林抒情的曲调；大提琴的浑厚如同大森林的碧绿，把舞步，把歌声，把诗意，把一切都点染成了绿波的浪花。

走进维也纳森林，那是走进了大自然的怀抱，走进了森林的王国；也是走进了清新爽快，走进了温文尔雅。那浪漫的村庄，优美的河谷，在降 E 大调上流连忘返。

维也纳啊，微风在轻吟，嘚嘚而过的马车踏响了森林如梦的时光，那华美的旋律，悠扬的钟声，醉人的葡萄酒，连空气都弥漫着芬芳……

让我做一颗种子吧（外一章）

早起的鸟儿在窗沿把迷糊的我叫醒，揉揉眼其实我知道春天已经来了，就在窗外的树梢上，在树下的草叶尖上，还轻轻地抚了一下我的刘海，又继续往北。我看见鸟儿也一路往北，春天振起了它们的翅膀，也擦亮了它们的鸣声。

噢，我眺望春天的来路，山色空蒙，大地返青，草与水同色，万物有声，那残存的冰雪了无踪影，迎春花、桃花、山茶花、梨花……还有各式各样的野花，次第开放。

我刚才怎么还在沉睡呢？还有种子在沉睡吗？或者，就让我做一颗种子吧，刚刚睁开了在寒冬里沉睡的双眸，落在田里就长出生机勃勃的秧苗，埋在地里就长出茁壮成长的树苗，走在阳光照耀的路上，就和万物一起生辉。

我喜欢在这蒙蒙的烟雨中漫步

我喜欢在这蒙蒙的烟雨中漫步。细如发丝的雨，似是而非的雾，笼罩大地山川，也滋润我青春的脸庞。

我有时候像花儿一样打开小伞，有时候又任凭这清凉凉的雨雾打湿我的眉睫。这是天地间湿漉漉的水墨画。

水墨浓处，路树沉静，炊烟飘散，行人匆匆，车流远去。水墨深处，高山林木，山花隐现，湖水墨绿，水花涟涟。

水墨淡处，江流欢快，渔翁繁忙，天地一色，长空高远。

春雨啊，你打湿了我的长发，也打湿了我的双眼，感谢有你，我成长的思绪也正在悄悄拔节。

三月，我会风雨兼程（外二章）

阳光潜入窗口，照在书本上，小鸟也在树梢上呼唤，三月，我的思绪与万物一起复苏。

三月，风景旧曾谙？你看，像往年一样，小草们正伸出嫩绿的手掌，好像欢庆大地回春；树木梢头的芽尖正微笑着，仿佛要诉说春天的故事。

这样鲜亮的日子，朋友，还记得我们的相约吗？记得我们的远足吗？还记得那些年的三月吗？

南山的烟花是否还依旧？东湖的楼台，是否还在那儿眺望？记得吗，郁江边上，烟雨如梦？

我们在微雨中走入大地的花园，聆听百花齐放的声音。那是多么美好的日子，你的微笑就如春花一样灿烂，你的眼睛里隐含着春天的梦想，一切都如这三月的微雨那样温柔，也如三月的阳光那样温馨。

哦，三月，我不能不推开门，投入这春天的怀抱里，我不能不让这和煦的阳光，照亮我的眉头，照亮的我的内心，我不能不让这三月的微雨，打湿我的思绪，打湿我的温柔。你知道，此后，所有的花朵都会开放，每一天的日子都会闪耀亮色，即使风吹雨打，我也会风雨兼程。

柳，恰似你的温柔

三月的春水犹如你的明眸，三月的柳丝正是你的长发，亲爱的同窗，你在远方还好吗？我在岳麓山的脚下，在这样明媚的春光里想起你，池塘边春意盎然的柳树下，有我们的话语，有我们的笑声，有我们的梦想。清风柔情地轻拂，恰似你的温柔。三年同窗情谊，多少关爱和鼓励仿佛又在眼前，岂能忘怀呢？

亲爱的同窗，现在你那里也有柳树吗？柳树也长出叶子了吗？你现在正在窗明几净的教室里攻读，还是正漫步在柳树荫下呢？你不知道，柳树枝条飘飘，多么像你的长发，多么像你的温柔！

我想写很多的诗

我想写很多的诗，歌颂这和煦的春风，歌颂这温暖的阳光，歌颂这烂漫的花朵，歌颂这辛勤的园丁，歌颂我发奋的同窗，也歌颂早出晚归的城市美容师，歌颂街上热情的“雷锋”，歌颂路口指挥交通的标准手势，歌颂郊外忙碌的农人，歌颂流水线上不停的身影，歌颂科研室里专注的目光，歌颂救死扶伤的白衣天使，歌颂运动场上的坚持不懈，歌颂紧握钢枪的哨所战士……

我想写很多的诗，在这美丽的春天里，歌颂一切的劳动、付出和汗水，歌颂真诚的奉献、服务和微笑！

油菜花开（三章）

油菜花开我青春不老

田园上一地的黄金，就这样在春天的阳光里铺开，一直铺向远方。我觉得最美的春光就在这里了，它是铺天盖地的大美。

那迷漫的远山，淡淡的云彩，清澈的流水，古朴的村庄，远去的道路，辛勤的农人，飞舞的蜂蝶，在黄金的映衬下，无一不是一幅幅精美的水彩画。

我喜欢精美的水彩画，喜欢这金黄的鲜亮色彩，喜欢这望不到边的绚烂，喜欢每一朵黄花的清新甜美，它们如同春风，如同黄金一样的岁月，如同宝贵的青春在梦幻里奔放，就这样让我陶醉吧，让我在这金黄的梦里奔跑……

这大地的春花啊，把我包围，把我融化，把我也染成了黄金的色彩吧，让青春永不老去。

春风送来黄金般的祝福

一对新人走入油菜花海，微笑挂在他们的脸上，他们是这样幸福，亿万朵油菜花为他们开放，亿万朵油菜花为他们金黄，亿万朵油菜花为他们迎风而舞。

走入油菜花海留影的新人，亿万朵油菜花为你们芬芳，无数只蜜蜂为你们祝福，春风为你们送来了黄金般的祝福，我也祝愿你们，迈着欢快的脚步走向好日子……

我愿做一只辛勤的蜜蜂

我愿做一只辛勤的蜜蜂，飞翔在这无边无际的花海里。

我每天穿越晨雾，迎着朝阳，哼着轻松的歌谣，快乐出发：看炊烟逐渐散去，看白云天上飘过，看花朵在阳光里微笑，看鱼儿跃出水面，看耕牛走出村庄；听农人殷勤吆喝，听小鸟吱喳赶集……大地生机盎然，我也精神抖擞。

我愿做一只辛勤的蜜蜂，我不怕飞越千山万水，我不怕忙忙碌碌，我不怕挥洒青春汗水，我只想深入大地的花园，吮吸生活的甘甜，也许花蕊里有苦有酸也有涩，可生活本身就是这样的味道，尽管我也知道“采得百花成蜜后，为谁辛苦为谁甜”，那又有什么关系呢？只要能酿造生活的甜蜜，我就快乐无边。

梨花，杏花，太阳花（三章）

她跃上枝头，仿佛比梨花还轻

我喜欢这遍野的梨花，一里，十里，百里，延伸到远方，远到天边。我喜欢这至纯至洁的白，仿佛雪花，从苍山，从宋朝，从唐朝，从远古飘来。

我喜欢梨花一样的人，纤尘不染。我喜欢她一袭雪白的长裙，喜欢她的长发，喜欢长发在雪中更黑、更亮、更飘逸，喜欢长发下的肌肤比梨花更嫩、更净、更芬芳。

漫无边际的梨花啊，今夜这月色，这缤纷的雪花，这静静的淡香，我看到一把如雪的剑，梨花一样的人在舞剑。

她的剑比我的琴音更密集，只有她的剑才能卷起漫天飞舞的雪花。她跃上枝头，仿佛比梨花还轻。她飞身落地，则踏雪无痕。她的悄然离开，又像一阵风，甚至比风更轻。

梨花一样的人啊，今夜属于你，今夜你的剑使月色更柔，使树枝更轻，使雪花更白，使梨花更纯，使伤口更深，使春天更近，使大地更静，使梦境更远……

杏花，可以做我的小名

我想到过杏花这个词，它可以做我的小名，让人喊着，在城郊野外，在惠风和畅的地方，让人有些亲切，又遥不可及，仿佛少年的梦想，从枝头凋谢下来成了雪白的一片。

杏花，杏花，粉红的杏花，烂漫的杏花，芳香四溢的杏花，我大梦初醒，月色西沉。

这一朵朵，一枝枝，开满山坡原野的杏花，你已经来看过？此后，迷蒙的烟雨，料峭春风中的满地雪白，如剑，是否已经穿透你的灵魂？

沧桑古道上，我低头颔首，撑一把油纸伞，走入静谧的杏花林中，你是否记得那张未衰老的红颜？

谁轻轻的一声“杏花”，从杏花林深处传来，若有似无，飘飘袅袅，又仿佛是梦？

太阳花

我喜欢太阳花娇小的身段，喜欢这纤巧的温柔，喜欢这清纯可爱。七彩太阳花，卑微的生命，粲然开放在老家砖墙上。

太阳温暖，苔藓墨绿，燕雀呢喃，布谷催春。祖父耙田，祖母担秧，父亲读书，女儿幻想。太阳花，想着你，我脸上也会泛起红晕？

我喜欢这灿烂的笑容，喜欢这淡雅的梦想，喜欢这阳光的味道，喜欢生命中的积极。它可以装饰一切，连同忧伤、疲惫、悲哀、疼痛，贯穿落地生根、生长、开花和结束，循环往复，年年如此。

我儿时的玩伴，摘太阳花学做菜，用石块做碟、瓦片做锅，那个丑小鸭出落成白天鹅了，她正去往远方。

我青春年少的伙伴，她粉红的微笑开成了太阳花，正追赶一个幸福的约会。

哦，点点滴滴都是回忆。太阳花啊，卑微的生命，内心装着阳光、坚韧，装着无悔、执着，装着希望、热情，那高贵的头颅，连接着亿万年的阳光，照亮了无限的远方。

在荷田中渴望一场雨（四章）

在众荷之中，我是个小妹妹

多年前，这些可爱的姐妹，她们就长得比我高。在家乡的东湖，在父亲的怀里，我曾经和她们比个高，她们就长得比我高。

在家乡，郁江之南的莲塘里，我和小伙伴也曾经走到她们当中，让她们为纯真少年的无忧无虑遮挡微雨。

这些可爱的姐妹们，我早就熟悉她们的体香，即使站在很远的地方，我也能感受到那清清爽爽和她们的轻声呼唤。

在异乡的东湖，这些可爱的姐妹们，她们也能读懂我的出神凝思；每当孤独的时候，她们总是轻轻地依偎在我身旁。

这些可爱的姐妹们，在乾隆惦念的江南，在我难忘的旅途中，在偶尔忧伤的时候，她们也会走到我跟前，和我窃窃私语。

“山有扶苏，隰有荷华。”多少年了，这些可爱的姐妹们，她们还是这么年轻、快乐，还是这么青碧、辽阔，而站在她们当中，我永远都是个小妹妹！

在荷田中渴望一场雨

在这盛夏的骄阳里，在这接天莲叶无穷碧之中，我渴望一场雨。我估计，千万个撑着绿伞的青荷，我的姐妹们，她们也渴望一场雨。

我渴望的雨，它说来就来，飘飘洒洒地打在宽广的大地上，打在眼前亭亭玉立的姐妹身上，我们有如云的绿伞，又何惧风雨？

听啊，这不是一支动听的乐曲吗？那沙沙的节奏是谁的大弦弹响的？那窃窃私语又是谁的小弦在轻声诉说？

我雨中的姐妹们，我看到你们含笑点头，看到你们娇羞欲语，在这美妙的乐曲声中，是谁情不自禁地鼓起掌？

还有什么比这梦里的雨更及时？还有什么比这雨后的荷田更清新？我的姐妹们，看花朵上欲滴的晶莹，多么清亮剔透啊！

有人走在荷田中，闭目做深呼吸状，一定是陶醉于风来吹绣漪，陶醉于照水红蕖的清香，陶醉于洗去尘心后如莲的清静，陶醉于此花此叶长相映……

剥莲蓬的女孩

剥莲蓬的女孩，也是卖莲蓬的女孩。这些新鲜的莲蓬，莲蓬中的莲子，鲜嫩、青涩、味甘，正是我喜欢的。

卖莲蓬的女孩，在醉莲阁，十元一扎六个莲蓬，我要了两扎，许多游人都从这儿得到了新鲜、甘甜，还有微笑。

我知道，卖莲蓬的女孩，你和你的伙伴还会卖掉上千、上万朵莲蓬。多么美好的莲蓬啊。

卖莲蓬的女孩，当莲蓬少人问津时，你会把莲蓬一朵朵削开，让胖乎乎的莲子全部跳将出来，再次接受市场的洗礼。

我知道，卖莲蓬的女孩，你也是会掏莲子芯的人。在你的巧手上，一枚枚的莲子芯在阳光下露出了它们的青涩。

剥莲蓬的女孩，以后这些莲子芯，这些莲子，这些莲蓬，直至接天莲叶无穷碧，都会是你青涩岁月的回忆?

编织玫瑰的人

用水草编织玫瑰的人，醉莲阁上的一个大男人，毫无疑问是心灵手巧的人。

看你编织的玫瑰中，有一朵“蓝色妖姬”，仿佛有一点儿忧郁，有一朵紫红色的回忆，仿佛在着谁。

编织玫瑰的人，也是编织仙鹤的人，那振翅欲飞的仙鹤，它将飞往何方？我仿佛已听到它的叫声，那是多么高昂而又悠长。

编织仙鹤的人，也是编织玫瑰的人，我坚信，你的仙鹤和玫瑰最终都会献给那亲爱的人。

编织玫瑰的人，也是编织仙鹤的人，实际上你是编织美好的人，我不想问你哪里来，我相信你的梦想在远方……

大森林寻梦（三章）

大森林的早晨

我喜欢这淡雾长久不散的大森林的早晨。阳光透过枝叶打照在地上，仿佛已经过了百年时光。

这大森林的万树万木，高者好像生长了百年千年，所以插入云天，超越了我的思想；矮者到不了我的肩头，直至贴地而行，就像我曾经忘记了的生活中的细节。

而树木芳草，无论是歪倒在地上的，还是从石头岩缝中生长出来的，甚至是寄生的，它们无不悄然地书写着大地上成长的故事。

叶尖上的清露仿佛告诉我，每一棵树，无论乔木或者灌木，每一种草，无论是否曾经枯萎，这时候梦想之门都已全部打开。

不知名的鸟儿，懒洋洋地从枝繁叶茂中掠过，偶尔鸣叫了几声，是那样的率性和随意。

这样寂静的大森林啊，沉静得仿佛延伸到万顷波涛的深处，延伸到浩瀚无涯的天际，让我读懂了它的广阔无边和我的浅薄低微。

睿智沉静的大森林啊，如果可能，我就在这里做一棵还未命名的树苗吧，一年才长出几片叶子，现在的鸟儿千年后还在我的枝头上栖息，其中会有一对鸟儿，谈心说唱，乐而忘飞。

年轻的大森林

沿着守林人的脚印，我来了茫茫林海的深处。在这潮湿的春日里，水滴从那些遮天蔽日的大树干上无声滑下，那黝黑而开裂的老树皮，仿佛岁月老人更显百年沧桑。

你不能不觉得大森林是古老的。但是，你看那些迎春花、山茶花、野梨花、山杜鹃、杏花等等山花，无不花团锦簇，姹紫嫣红，你又觉得大森林它也是年轻的。

万木争荣中我眼花缭乱，我觉得我正在穿越梦幻。我看到一棵倒下来的朽树。我无法估摸这棵大树长了多少年，它的年轮已被光阴腐烂，我仅仅可以想象它曾经青葱茂盛，枝头插入了蓝天。

我无法知道它轰然倒下来的时候，大地为之一震，还是熟视无睹。总之，它现在就静静地躺在大地的怀抱里。

苔藓绿满了它的躯干，野菌也在它身上长出来，藤蔓爬过它躯干后又伸展到旁边的树干上，继续往上爬。

山溪水从它边上流过后，也把我一同抛在脑后。浩瀚的大森林啊，这倒下的大树，它只是大森林之歌中的一个小小的音符吗？

我相信这倒下的躯体，一部分进入森林食物链循环往复，由此得到安顿，得到永生，而另一部分将回到泥土，与大地，与森林同在。

茫茫的大森林啊，我说过，我在这里踏歌而行，累了，我就暂时在树洞里休息，让梦想、喧哗、诱惑、无奈、失望、困顿、希冀、追逐通通远去，也许瞬间，也许百年后，我才会醒来。

耸入云霄的大树啊，你要在以后的风霜雨雪中默默坚守，不要让我醒来后，无处安放那充满勃勃生机的青春。

山溪如歌

在茂密的丛林里，我一路追逐着你，你时而平铺直叙，时而莺歌燕舞，时而欢快跳跃，时而跌宕起伏，时而狂放不羁，时而冲锋陷阵，时而峰回路转，时而轻吟浅唱，时而甜润调皮，时而粗犷高昂……

这大森林里的溪水啊，你的百转柔肠，是否就是人生的兴衰荣辱、成败得失？

你的源头是在碧波荡漾的林海深处吗？还是在犬牙交错、千姿百态的怪石丛间？抑或是在传来松涛阵阵的遥远的天际？又或者是在每一张幼嫩叶片的尖上，在每一根看不见的树根里？

山溪水啊，你一定像大森林一样古老，你唱的是森林之歌，我知道，你的歌古老又年轻……

山溪水啊，走了半天，我已经疲惫了，而你没有一丝倦意，你还在一直往前奔去。

长路坎坷，崎岖曲折，可没有什么能阻挡你，没有什么能迷失你，你是在践行拥抱大海的承诺吗？可我又怎么舍得你离开我呢？

你知道，我的脚步即使追不上你，我在梦中也要把你追赶，让你在我的心上肆意流淌，直到永久。

明年看你雪中来（外一章）

和父亲去马草江看桃花的时候，没想到也看到了山茶花。山茶花园就在桃园不远处。往年怎么没注意呢？旁边还有什么花在我不经意的时候开放呢？

哦，这就是山茶花，红的艳丽，白的纯洁，黄的温馨，紫的高贵，墨色的庄重。她们的模样比桃花朵儿大，桃树的花儿抢在绿叶前开放了，有的粉红得有些妖艳，而山茶不，她们在绿叶的衬托下怒放，开得还比桃花早，让人想到她们早些日子顶着多少寒风和严霜。

郭沫若曾写过：“茶花一树早桃红，百朵彤云啸傲中。”这不，尽管树上尚有不少花骨朵，而地上已经有早就开过，现在谢下来的花瓣了。父亲告诉我：“山茶花的凋谢不像其他花一样，它的花瓣是一片片慢慢凋谢的，直到生命结束。这样的结束，仿佛是相伴一生终老的情人。”

多么忠贞的山茶花啊，我小心地拾起谢在地上的片片花瓣，小跑着扬向空中。缤纷的花瓣雨啊，那淡雅的芬芳就像我的梦想在林间飞散……

“年十七，年纪十八，偷偷在说悄悄话。羞答答，羞答答，梦里总是梦见他。”忽然听到有人哼起邓丽君的《山茶花》，哦，是父亲！这时候，我觉得已经历过风雨的他变得多么年轻……

花瓣雨中，我的目光越过父亲的背影，仿佛看到宋代词人苏辙也走入了园中，他踏雪对花而吟：“凌寒强比松筠秀，吐艳空惊岁月非。冰雪纷纭真性在，根株老大众园希。”

我也仿佛看到了更远的地方飘起了细雨，那是宋代词人苏轼在细雨中赏花，他吟道：“山茶相对阿谁栽，细雨无人我独来。说似与君君不会，烂红如火雪中开。”

山茶花啊山茶花，静默的山茶花，坚贞的山茶花，让人觉得多么温暖的山茶花，让我们相约，明年看你雪中来。

桃花，春天的盛会

此后，我会年年去看桃花，踏着湿漉漉的记忆去看桃花，冒着初春料峭的微雨去看桃花，看那些从黑黑的枯枝似的树枝上绽放的桃花，看那色若凝霞的桃花，看那千朵万朵的灿烂奔放，也看那桃花上晶莹欲滴的水珠……

千朵万朵的桃花啊，浅红的、深红的，即使是素白的，多少年了依旧在我记忆里如梦如幻。哪一朵桃花啊，不是一个纯洁美丽的女子？哪一朵桃花啊，不在拥抱着春天的到来？哪一朵桃花啊，不在眺望着这美丽多姿的世界？

千朵万朵的桃花啊，我时而抬头仰望，时而仔细端详，时而凝神思索，时而欢快穿行，时而张开双臂，时而左顾右盼，时而轻轻漫步，时而拾起落花，时而哼着歌曲……我也是一朵桃花啊，微雨来时，我举伞张望，春风吹起，我翩翩起舞。

就让我也这样盛开吧，让我和每一朵桃花相映红吧，我不会是最绚烂的一朵，也不会是妖冶的那一朵，我只是千万朵桃花中最普通的一朵，像邻居家女孩一样普通的女子，有一些寂寞，有一些忧伤，也有一些世俗。想想春风吹过，日子如片片花瓣飘零落地，我也会怅然若失……

“看了桃花，你就知道春天真的来了。看了桃花，春天也会拥抱你。”这是我父亲说的，他几乎年年陪我来看桃花，我知道他有如火青春，他有浪漫的故事……

哦，桃花啊，此后，我会年年去看你，看满树的风姿绰约，看大地的春意盎然，让春天也在我心里也悄然成长。

哦，有时候我也会想，看桃花的人啊，有没有一个像崔护一样的人，在这繁花似锦的春天里走过？不管怎样，桃花啊，此后，我会年年去追赶这春天的盛会。

枫叶红了（外一章）

岳麓山的枫叶红了，红得那么灿烂，红得那么妩媚，红得那么真诚，红得那么执着，那就是诗、就是画，那就是歌、就是梦。

漫步枫林，我的心沸腾起来。“霜叶红于二月花”，红枫叶啊，这是风雨的见证，这是人生的沉淀，这就是美，这就是生命的赞歌。红枫叶啊，青春年少的我，风华正茂的我，梦想在燃烧……

如果说秋天意味着成熟，我渴望这样的成熟；如果说人生意味着经历风霜，我也愿意有这样的丰富多彩。也许我也会有屈原“袅袅秋风兮，洞庭波兮木叶下”的感伤；也许我也会有杜甫“无边落木萧萧下”的疼痛；但我怎能忘了“恰同学少年，风华正茂；书生意气，挥斥方遒”的豪迈！即使岁月之河会带走我的青春，我欣赏的也是“老骥伏枥，志在千里”！

啊，红枫树，如梦如幻的红枫叶，我的思绪在飞翔，岳麓山下的校园里，将留下我多少坚定的脚步，留下我多少琅琅的书声，留下我多少年轻的歌唱和欢笑……啊，红枫树，我希望有一天，我的人生也会像秋枫一样灿烂……

红叶书签

我有一张红叶书签，叶儿已经褪了色，叶脉却更加清晰，那就是我的收藏。

我收藏的是绚烂的召唤，而不是寂寞的离愁。我收藏的是青春的火焰，而不是凄清的情怀。我收藏的是梦想的飞翔，而不是无言的结局。我收藏的是生命的欢歌，而不是痛苦的等待。

我收藏的是木兰路上的芬芳，是图书馆里四溢的书香，是樟树园里的琅琅书声，是岳王亭边的沉思，是橘子洲头“恰同学少年，风华正茂”的英姿，是风霜下的淡定和无畏，是青春的浪漫和陶醉，是二月花一般的赤诚和热烈，是永远不会褪色的希望和温暖的祝福！

青春橘子洲（二章）

年轻的橘子树

那是年轻的橘子树，橘子洲头的那一株株枝繁叶茂的橘子树，春夏花香沁人心脾，秋冬时节金果累累，让人心旷神怡。

“鸟归沙有迹，帆过浪无痕。望水知柔性，看山欲断魂。”宋之问那年在江亭晚望，有些惘然若失的他，没有留意到夕阳中青翠碧绿的橘子树吗？

“荻花秋，潇湘夜，橘洲佳景如屏画……酒盈杯，书满架，名利不将心挂。”仙风道骨的李殉是个药物学家，看书累时，他会品尝几个橘子来爽口解困，对吗？

“桃源人家易制度，橘洲田土仍膏腴。”诗圣杜甫啊，直到如今，橘子洲的橘子还是那么甜酸可口，来几个，可好？

橘子树啊，橘子洲头年轻的橘子树，我又看到彩霞中的树叶轻轻晃动，我又闻到那洁白的花儿阵阵清香。恰同学少年，我们青春的笑脸也在橘子林中闪现……

如梦绽放的烟花

怒放吧，橘子洲头的烟花，就像青春一样怒放吧，就像岳麓山上的红枫一样怒放吧，就在万众的欢呼声中怒放吧！

我喜欢你们的骤然绽放，喜欢你们的五彩缤纷，喜欢你们的绚烂多姿，喜欢你们的姹紫嫣红，喜欢你们的你追我赶，一朵接着一朵、一朵高过一朵，每一朵都闪亮登场、灿烂绽放！每一朵的绽放都震撼人心，每一朵的绽放都璀璨了湘江的波光水影。

你们是映日的荷花，是梦幻的蒲公英，是梦境中的菊花，是梦寐里的牡丹，是春天的花团锦簇，是金秋的层林尽染；你们是天河的瀑布，是闪亮的水晶，是多彩的宝石，是大珠小珠落玉盘，是满天的星光，是可以许愿的流星雨；你们是天女撒花，是青春的笑脸，是永恒的、美丽的、梦中的神！

如梦烟花啊，稍纵即逝，却热烈奔放、绚丽完美，这让我想起了印度诗人泰戈尔的诗句：“生如夏花之绚烂，死如秋叶之静美。”

岳麓山散章（五章）

访岳麓书院

这千年学府，弦歌不绝。

透过那些斑驳的青砖和隐现的苔痕，我的目光似乎穿越了千年的岁月长河，我仿佛看到了年年岁岁教和学的形影幢幢。

这位不是诲人不倦、以德行著称于世的首任山长周式吗？连宋真宗也佩服他，召见他时给他赐了御书“岳麓书院”匾额。

这位不是南宋初期书院的山长张栻吗？当时的从学者数千

人，难怪朱熹称其“学之所就，足以名于一世”。

而这位不就是儒学集大成者朱熹吗？讲堂的两壁，那笔力遒劲的“忠”“孝”“廉”“节”四个字不就是他刻的吗？

再细看，从讲堂里走出来的，那不是清代两江总督陶澍和提出“师夷长技以制夷”的魏源等人吗？看这边回廊，正走过去的，那不是咸丰、同治年间的“中兴将相”曾国藩、左宗棠、郭嵩焘、胡林翼等人吗？

看这边小路上走来的，那不是意气风发的清末维新派领袖谭嗣同、唐才常等人吗？再看那边，在大树下沉思的，那不是蔡锷、陈天华、程潜等资产阶级民主革命派人士吗？

徜徉在这千年学府，这儿每一间楼堂，每一块砖瓦，每一块石刻碑匾，每一棵大树，无不浸润着深厚的湖湘文化韵味，可谓不负书院闻名天下的门对：“唯楚有才，于斯为盛。”从讲堂到御书楼、到文庙、到赫曦台……这古往今来人文荟萃之地，古色古香之间清风徐来，静静地涤荡着我的心灵。

“莫叹韶华容易逝，卅年仍到赫曦台。”在赫曦台，念着毛泽东的《七律·和周世钊同志》，我也想象着三十年后我又回到这儿的情景……

观爱晚亭

“停车坐爱枫林晚，霜叶红于二月花”，谁不爱这绚丽的晚霞？谁不爱这红艳的枫叶？谁不爱这层林尽染？谁不爱这热烈和激情？那是成熟、自信、乐观和豁达。

清风峡下的爱晚亭啊，琉璃碧瓦，八柱重檐，亭角飞翘，仿佛凌空欲飞，你也要像杜牧的《山行》一样，透出勃勃的生机和豪爽向上的精神来吗？

枫叶流丹的爱晚亭啊，你是革命活动的胜地，蔡和森、罗学瓒、张昆弟等人常来到这儿，畅谈理想、探求真理。

诗意盎然的爱晚亭啊，抗日战争时期，你又见证了“长沙会战”的峥嵘岁月，直到自己也融进了炮火的烽烟……战火后重生的亭子，那红底鎏金的“爱晚亭”亭额、那支撑亭子的丹漆园柱，此时是多么的醒目啊！

清风峡下清风吹拂，清风泉溪水潺潺而流。掩映在枫林中的爱晚亭啊，青春的我怎能不和你、和醉人的秋、和美丽宁静祥和同框？

探麓山寺

“寺门高开洞庭野，殿脚插入赤沙湖。”从诗圣杜甫的吟咏中，可见古麓山寺当年宏大的规模。

“高殿呀然压苍巘嗽，俯瞰长江疑欲吞。”看看诗豪刘禹锡的惊叹，可见古麓山寺曾经磅礴的气势。

1700余年历史的麓山寺，历经沧桑的山门，那副“汉魏最初名胜，湖湘第一道场”的门联，诠释着它的历史地位。可抗战时期日军的炮弹，只让它存留了山门、观音阁、虎岑堂等建筑。

这不是观音阁吗？阁前两棵虬枝交错的“六朝松”，它们的记忆里也许会有那曾经的疼痛。

这不是虎岑堂吗？这是为纪念景岑禅师重修麓山寺而建造的，近如日寇的嚣张，远到唐武宗会昌五年（845）时的毁灭佛寺活动，也许它都会记忆犹新。

这不是白鹤泉吗？泉上的白鹤亭抗战时也被炸毁过，现在这个新亭子，朱栏碧瓦，重现了风雅，可那对仙鹤呢？什么时候再飞来这“麓山第一芳润”啊？

品着茶室用清冽的白鹤泉水沏的好茶，我似乎看到蒸腾的热气盘旋于杯口，那么酷似仙鹤，这就是仙鹤的魂吗？

麓山寺啊古老的麓山寺，杜甫、韩愈、李邕、沈传师、唐扶、韦蟾、刘长卿、宋之问、曹松、罗隐……多少诗人在此行吟，为美丽的青山和古老的寺庙留下了赞美诗。

致敬，红枫！

致敬，红枫！致敬，英勇的仁人志士！所谓青山处处埋忠骨，在这幽雅恬静的岳麓山上，就有不少仁人志士长眠于此。

“无公则无民国，有史必有斯人。”章太炎眼中的“斯人”便是黄兴——辛亥革命的先驱和领袖。他的墓里面，有他曾经用过的指挥刀、笔筒及作战时缴获的一个炮弹筒，那是他戎马生涯的光荣和梦想。“晾秋时节黄花黄，大好英雄返故乡……”将军还记得当年学生欢迎您回乡时的高歌吗？

“平生慷慨班都护，万里间关马伏波。”孙中山先生亲笔书写的挽联，把蔡锷将军比作投笔从戎的班超和东汉的伏波将军马援，足见其功绩可彪炳青史。“将军拔剑南天起，我愿做长风绕战旗……”那轻涌的松涛似声声呜咽，那是小凤仙在如泣如诉地吟唱吗？

这儿还有“辛亥武昌发难，以公功为冠”的蒋翊武之墓，还有同盟会会员中第一个流血牺牲的烈士刘道一之墓，还有“难酬蹈海亦英雄”的陈天华之墓，还有“碧血丹心光耀天地”的陆军七十三军抗战阵亡将士之墓……他们哪一个没留下可歌可泣的事迹？哪一个没写下浩气长存的篇章？他们和岳麓山融为了一体……

深秋的岳麓山，那枫叶流丹的美景，也隐现出先烈曾经燃烧的激情吗？致敬，红枫！致敬，勇敢的人！

赫石坡下岳王亭

岳麓山脚下，湖南师大院内有赫石坡，赫石坡有清清的共青湖，共青湖边芳草如茵，四周有柳树轻柔，有香樟茂盛，有水杉耸立，有小鸟儿的欢歌，有书香在飘逸。金秋的赫石坡，还有银杏的金黄、枫香的炽热。

赫石坡共青湖中有曲桥，曲桥通向六角亭，那是岳王亭。“怒发冲冠，凭阑处，潇潇雨歇。抬望眼，仰天长啸，壮怀激烈……”走近岳王亭，我的激情满怀。

“撼山易，撼岳家军难。”建于1936年的岳王亭，要昭示着的正是崇高的民族气节，要唤醒的正是沉睡的民族之魂，中国人团结起来就是不可以战胜的。

赫石坡啊岳王亭，在这金秋大好时光里，我又一次漫步在宁静中。我喜欢的朗读声又一次隐约传来。我喜欢的小鸟儿又一次在清碧的池水上掠过……

廉石，一块有灵魂的石头（三章）

苏州廉石

都说精美的石头会唱歌，可苏州文庙里却展示着一块普通的石头，一块笨重的石头，一块来自古郁林郡的石头，那恰好是我的家乡——广西贵港市的石头。

这是块沉静的石头，它不会唱歌，但它会压舟。它压过舟，压过从郁江经珠江出海口至姑苏的山高水长，那是郁林郡太守陆绩——一个姑苏人乘坐的船。

陆绩，古代二十四孝中“怀橘遗亲”的主角，成年后担任了郁林郡太守。他是个两袖清风、身无长物的地方行政长官。

一块石头，一块笨重的石头，一块迎风压浪的石头，它没有仪态万千，也没有金珠玉石的闪亮耀眼，却让任期届满的陆绩平安地返回了故里。

一块石头，一块让人肃然起敬的石头，它唱的是无言的歌，它还会继续唱下去，喜欢它的人才会觉得动听……

陆绩，让我想起一首诗

我想起臧克家的诗歌《有的人》：“有的人活着，他已经死了；有的人死了，他还活着……”

陆绩，建安二十四年（219）就走了的陆绩，永远 32 岁的他，显然还活着，而且永远都那么年轻。

《有的人》说，“把名字刻入石头的，名字比尸首烂得更早……”“廉石”二字被镌刻在陆绩用以压舟的石头上，那是监察御史樊祉巡视苏州时刻下的。也许，他是想把仰慕刻在自己的心上，可这何尝不是刻在了百姓的心上？

百姓心中有一杆秤。陆绩，这个为官清廉的人，这个鞠躬尽瘁的人，他的故事让一块石头有了灵魂，他的名字只会流芳百世而不会腐烂……

南江村，陆绩故城

在大地图上，找不到南江村。

我说的南江村是郁江边上的南江村，是广西贵港市港南区的南江村，那是陆绩的故城，郁林郡的旧址。

一块石头让南江村的粤语和吴侬软语连在了一起，从三国年代连到了如今。一块石头让现在的郁江南岸有了廉石路。

一块石头也会有根。南江村的丹荔青蕉，俘获过两宋时期著名政治家李纲[①]的丹荔青蕉，还是那么葱绿吗？

一块石头也会有乡愁。南江村的橘井，那是陆绩挖的水井，那井水还是那么清凌凌的吗？

我来到南江村的时候，如果烟雨蒙蒙，那些湿湿的荔枝，还是那么清甜吗？那黛瓦粉墙，那古驰道，是不是有江南的味道？

我来到南江村的时候，如果阳光明媚，那些醉人的香草还在晃动吗？那“欸乃一声山水绿”的古码头，是否就是江南的水乡梦？

陆绩故城啊南江村，我们相约在某年某月的某一天……

注：①抗金名臣李纲被贬琼州（今海南）路过贵州（今贵港）时，写有《次贵州二首》，其中有“试谋十亩膏腴地，丹荔青蕉获我心”之句。

如梦江南（四章）

廉石路

廉石路在江南，广西贵港市城区的郁江之南，和中山路交叉，一头连着南江村——陆绩故城、廉石的故乡，一头经过一所学校，墙壁上画着廉石的故事。

都说，条条大路通罗马。走过廉石路时，也许没有人会想到这点，但它又的确如此。

从前走过廉石路时，我当然也没有想到过陆绩，但现在我想到这个廉洁自律的人，想到这个以石压舟返回姑苏的人。

我也想到和珅，中国古代最大、最富的贪官，嘉庆抄他的家财时，有人估计他的家产超过朝廷十年收入……

我也想到当今抓出的大小“老虎”，哪一个不让人触目惊心？我想到一句话，画虎画皮难画骨。

我也想到廉石路经过的那所学校，想到我就读那所学校时的琅琅书声……廉石路，它可以通向历史，也可以通向未来。

南江码头

南江码头，我父亲、我曾祖父、我太祖父到过，而我没有到过，我只到过它的对面，那是大东码头。

我小时候的大东码头有瓦煲饭，有叉烧米粉，有米粽发糕，现在我想象着对面的南江码头，也会有瓦煲饭、叉烧米粉和米粽发糕，而且一定是老字号。

因为陆绩从那儿上下码头，因为陆绩故城就在码头那边。差不多两千年了，那些江南的小吃能不成为老字号？那漫长岁月的风雨也一定会把码头阶梯擦得锃亮，如果是青石的话。

在南江码头上，陆绩手植的丹荔，如果存下来的话，一定会很苍劲、很沧桑吧？或者，后人在陆公井边种的橘树，也一定很茂盛吧？

我少时居住江南木松岭十年，那儿离南江村不远，而我竟未到过南江村，更不必说南江码头了，真是可惜……

月下追渡

明月照大江。明月照着南江码头。

明月照着一只船儿离开了码头顺江而下。

明月照着一个人气喘吁吁地赶到了码头，明月照着他四下张望后，继续背起简单的行李往下游方向飞跑。

他穿过村庄，越过狗吠，跑过田垌，跳过沟渠，拨开蔗叶，跌倒了爬起来……他只想追上那只船。

他会想起夸父逐日吗？但他绝不能倒地不起。

他未断奶时，父亲已故，那么，他会想起含辛茹苦把他养大成人的母亲？

这时候他的母亲也许还在月下忙碌，他也许想到明月下的母亲那深邃的双眼。

毫无疑问，他也会想起他的妻子，那是个不嫌弃他家贫的人。也许，此时她正和母亲在干活。月色下的她，那双眸子像一泓秋水。

也许她们也看到了他，看到他在飞跑，看到他对着大江呼喊，看到他挥动了衣服。

大江中的黑点越来越近，越来越大。那只船儿终于停了下来……

这是我父亲告诉我的故事，也是南江村赴京赶考的人记录下来的乾隆十七年（1752）的故事。

那个追渡的人叫宋运新，这一年他 42 岁。这一次他也去赶考，这一年他考中了进士，后来这个穷人子弟做了贵州锦屏县知县。

如梦江南

远去了吗，江南？远去了吗，木松岭？

远去了吗？在江南伴过我童年的曾祖母，此时你正和我未见过面的曾祖父在云岭上看夕阳吗？

远去了吗？我一生劳碌的祖母，偶尔才到城里来的祖母，我似乎还听到你的呼唤呢。

远去了吗，那对小鹦鹉？在我梦中的窗口欢叫的是你们吗？要不是那年“非典”厉害，父亲怎么舍得偷偷打开笼子呢？

那个比我会骑单车的小女孩，那个从木松岭骑车到江南市场送午饭的小女孩，你的母亲还在卖成衣吗？

那个可爱小女孩，你的祖母还好吗？她做的灰水粽子，金黄金黄的，仿佛还在我眼前冒着热气呢。

那个总是微笑的小女孩，那个很会照顾自己的小女孩，你的父母还在广东吗？

匆匆十年江南梦。我的江南的小伙伴们，大家别来无恙？天各一方的日子，你们是否会想起江南，想起木松岭？

我梦里的小伙伴们，是否偶尔会想起校园里我们的书声和歌声，想起雨中上学路上我们共撑一把小雨伞？

江南，如梦的江南，我仿佛听到母亲在叫我回家吃饭，我好像也看到父亲在高兴时的小酌。

江南，如梦的江南，冬日里，慈祥的曾祖母喜欢晒太阳，听着我的琴声如泉水欢歌，她总是微微地笑着。

江南，如梦的江南，那里留下我多少欢笑，又留下我多少梦想……

一切恍惚如梦（二章）

梦中的荷城

荷在城中，城中有荷，这是梦中的荷城。

层层叠叠的荷叶中探出一张少年的脸，俏皮，微笑，又没入田田的荷叶中——那是少年时的父亲，在家乡的荷塘里采莲蓬，抓荷花鱼，也捉迷藏。

而那个在荷塘边流连追逐蝴蝶的人，那个伸开双手要拥抱荷香的人，那个摆出各种姿势与莲合影的人，是梦中的小女孩——她是爱吃莲藕粉的少女，她尝试着帮助母亲磨藕粉，一下子就累了，那情景早已遥远，又仿佛是在昨天。

光阴飞逝，今日的城中基本上已无荷，可买回来的莲藕越来越大，当年的女孩问，现在的莲藕为什么没有旧时的味道呢？

父亲说，那是异乡的藕。母亲说，异乡的藕挖出来后就洗干净上市，保留时间不长，而本土的藕是不除去泥油的，看起来更质朴。

梦中的荷城，梦中的女孩，像一朵旧时的荷花。

珍藏

江南，郁江的南岸，木松岭，也叫南山社区，那儿有我的旧居。

早年的门联被时光吹得无影无踪，天井上仍漏下往昔一样温馨的阳光。

厨房里，母亲做饭烧菜时那熟悉的味道依稀可以闻到。书房里，父亲的谈笑声仿佛仍在耳边。

邻居家的狗，此刻还能听到几次吠声，不知道还是不是那只大黄狗？

儿时的玩伴——那个大眼睛的邻家小女孩，放学后我们总是一起走回家，可她比我先学会了骑单车，懂得去市场上买菜。此刻，她似乎又从屋后的窗口下走过……

童年的梦中，琴声悠悠，飘飘袅袅穿过了春天的雨幕，一切恍惚如梦中。

时光走远，我会把曾经的欢乐和天真的梦想，把一切珍藏……

在布山台下眺望远方（五章）

坐在布山台旁

“布山台”，是刻在民族公园草坡石头上的三个字。有多少人知道这儿？在这静静的午后，只有我静静地坐在你身边倾听。

布山，多么久远的故事，多么遥远的历史。我仿佛看到了狼烟，看到了马蹄，看到五十万秦始皇帝的部队横扫而来。

我看到郁郁葱葱的桂树，看到南海郡、象郡、桂林郡升起的炊烟，看到布山县的土墙瓦当，瓦当上有莲花纹和虎头纹。

我看到纹路上的滴水，看到后来的南江橘井，看到木船上载着勤政为民的郁林郡太守陆绩顺江而下……

越来越近了，我看到1994年的大水，母亲在惊慌中度过。18年之后，我和父母登上了绿皮火车，从此我浪迹天涯！

哦，布山台，遥远却又仿佛在眼前，而你的笑脸从不曾离去。

半坡玫瑰

布山台下半坡玫瑰，有浅红的，有大红的，有深红的，有紫红的，也有黄色的。现在我静静站在玫瑰丛中，这时候它们全是我的，它们淡淡的芬芳沁人心脾，让我陶醉，让这个黄昏充满亮色。

哦，玫瑰，处处盛开的玫瑰，我只想要一支，哪一支是你送我的呢？

此刻，大地不语，玫瑰随风飘摇，它看着我走下坡地的步伐坚定而从容。

打点滴的大树

打点滴的大树，是移栽的大树。

它们没有病，营养液点点滴滴，让我想到人的聪明，想到大树以后的美丽和茂盛。

可现在，打点滴的大树，枝条早已被削光，有谁知道打点滴的大树，它们内心的疼痛?!

人挪活，树挪死。很多打点滴的大树，活了下来，那是因为它们坚强；不少打点滴的大树，终于干枯了，那是因为它们不屈？

在一棵四季桂下闭目呼吸

四季桂，四季都会开花，这不，你的北方早已白雪飘飘，我的南方桂花还照样芬芳。

现在，我就在桂树下深呼吸。黄金般的桂花啊，你看见我什么都不想，看见天色还未暗下来？

桂花，桂花。我只想入静入梦……

香蕉树下的问候

年轻的朋友，亲爱的同窗，我在这里留下影像，它是南国的影像，你看香蕉树还是那么翠绿。我知道，你们北方的影像，有大雪覆盖着村庄；你们海边的影像，有海浪冲击礁石。

哦，我在这儿向你们问候，用南国的温暖向你们问候！我也在这儿向你们祝福，用青春的热情向你们祝福！我们的青春已经启航，奔向的是远方靓丽的风景。我们的脚步已经起程，那就是执着的跋涉。

哦，年轻的朋友，亲爱的同窗，就让希望之光照亮我们的梦想，就让人生的风风雨雨为我们歌唱，因为我们年轻！

在南山深呼吸（五章）

大手掌，你不会轻易挥一挥手吧

南山的大手掌，如果发现小毛贼，手到可以擒来吗？

南山的大手掌，如果想挡住阳光清凉一下，张开可以一手遮天吗？

南山的大手掌肯定是神的，即使不是神的，也是非同小可的。凡人的手，无非和我一样，或写写字，或弹弹曲，或翻翻书，或洗洗菜，或理理发，或打打球，或锄锄草，或耕耕地……

无法翻手为云，覆手为雨，对吗？

大手掌啊大手掌，你不会轻易挥一挥手吧？你挥一挥手，也许飞沙走石、电闪雷鸣，也许拨云见日、晴空万里，对吗？

不老松，我怎么看不到你呢？

谁不想驻颜有术，永远年轻？谁不想青春长驻，永远不老？

不老松，你在哪里？在南山的峭壁夹缝里吗？千百年来一直如此吗？不长高，不显老，永远这般青翠？

不老松啊不老松，我怎么看不到你呢？炼仙丹的人也看不到你吗？如果我不老，我肯定是神人，不食人间烟火。可我吃盐油酱醋和鸡鸭鱼肉，我肯定会老去，直至头发花白，牙齿松动，走路颤抖……老就老吧，我的青春才开始呢！

哦，不老松，那只是传说！传说我也喜欢。

飞来钟，它不会飞走了

在山脚下我就听到悦耳的钟声了，撞钟的人一定心满意足地走了。不像我见过的一个撞石的人，头破血流，看不清面容。

飞来钟，飞来的钟，你羡慕这儿香火旺盛，还是羡慕这儿宁静清幽呢？

飞来了，还会飞去吗？飞去了，祝福也能抵达吗？而我相信你不会飞去，相信你早已深深地爱上这儿，爱上这儿的不老松，爱上这儿的菩提树……

菩提树，让我向天再借五百年

三百多年前，邑人曾绍箕就写下了“行看池畔菩提树，灵鸟枝头学梵音”的诗句。现在菩提树还青翠挺拔，枝繁叶茂，鸟鸣声还在，透过树枝树叶看山顶，蓝天白云还在，江山也还在。

依我看，三百年也是弹指一挥间，再过三百年后，这菩提树肯定还枝叶茂盛吧？灵鸟还在枝头上学梵音吧？蓝天白云肯定还在，江山肯定也还在，而我是否也成了枝头的鸟儿，跳上跳下，叽叽喳喳？

想着美好的日子，菩提树啊，我也想向天再借五百年啊！

流米洞，我来迟了吗？

我来迟了吗？米真的不再流出来了吗？不知道原先流出来的米是否也白白净净？是否也香软可口？能否和东津细米匹敌？

多么令人回味的故事啊，一个和尚挖大了洞口，从此大米反而不流出来了。这让我想起乡下种田的祖父祖母，他们说，每粒粮食都要经过施肥的，要不，怎么白白会有饭吃？他们还说，吃自己种的饭菜才香。

哦，流米洞，你不过是前人教我们勿起贪念而已！

在太平天国故里穿行（五章）

那条看不见的大藤

大藤峡啊，连绵起伏的峰峦，那一条穿越山谷的大藤呢？湍急的江流，那一条横江而过的大藤呢？高耸的危崖，那一条通向云端的大藤呢？

雾气缭绕中，我仿佛看见一个个身手敏捷的瑶民，手抓大藤，或滑溜而过，或飞身而出，或攀附而上，或摇荡而去……他们是贫苦的人，更是勇敢的人、抗争的人。

四方山半腰的悬崖绝壁上，那个扎着头巾、英姿勃发的人不就是义军头领侯大苟吗？屹立在黔江边上的九女峰，不就是义军撤退时，为保卫大藤峡战斗到最后的九位女义军吗？

看着这曲折的河道，环绕的高山，我忽然听到杀声四起，看到滚石如马，万马奔腾中火光冲天，我看到了壮怀激烈，倒下的人又站了起来，站起来了又倒了下去，那姿势依然在搏斗，鲜血染红了土地，染红了历史。我看到利剑斩向大藤，从此，大藤峡成了“断藤峡”“敕赐永通峡”……永通，永通，永远通达了吗？

在我的沉思中，我仿佛又看到了那根大藤，通向历史的大藤，我在想，瑶民起义为什么能持续两百多年？大藤峡三十六弄场，农民起义此起彼伏，尽管“积尸盈野，流血成川”，起义者为什么仍前仆后继？

江风吹化薄雾。我在峡谷里仔细聆听，一切早已沉静，除了鸟鸣就是山风。哦，大藤峡，历史总是如这一江春水，向东流去?

犀牛岭上我没有看到犀牛

历史选择了金田，就注定了它声名远扬。

这个面对金田平原的普通土丘就是犀牛岭吗?这小榕树下的岩洞就是犀牛潭吗?韦昌辉就在这儿梦见犀牛吗?犀牛潭就是洪秀全的“龙穴”吗?

犀牛岭上有犀牛吗?我环顾四周，只有水牛和黄牛在吃草，不远的地方也有人在挖淮山。也许我来的时间不对吧，我怎么没有看到犀牛呢?

小小的犀牛潭中还秘藏着太平军的刀剑吗?没人告诉我。那些刀剑早已驰骋疆场，有的藏在历史的风烟里，有的已化为尘土。

哦，这就是古营盘!我仿佛看到了当年的太平军在这儿列队布阵，热血沸腾，群情激昂。历史，记住了1851年1月11日，震惊中外的金田起义在这里爆发!

哦，这就是拜旗石!拜过的旗帜，旌旗猎猎，就能指引起义军所向披靡吗?可是13年后的1864年7月19日，太平天国最终还是败亡了。

金田啊，你告诉我，历史也是在对的时间和地点上，遇到了对的人吗?金田啊，犀牛岭上我没有看到犀牛。

挖淮山的人

在我们家乡打火锅，荤菜吃得差不多时，常会加入淮山。那洁白的淮山，不油腻的淮山，粉粉的淮山，没有人不喜欢。大家也都知道它也可以入药，补脾养肺、固肾益精。

此刻，我就站在这一垄垄的淮山架旁。我赞美这些即将枯萎的藤蔓，昨天那可是青翠的茎叶哪！它们吮吸过阳光雨露，走过了风雨季节，在肥沃的泥土下有它们深厚的奉献呐！

我断奶的时候，不是吃米糊，就是吃淮山粉，我母亲说的话，早在我脑海里刻下印记。也许正因为如此，我才那么健康吧！

哦，我赞美这些挖淮山的人，他们当初辛劳的付出，在秋天里有了收获。挖淮山的人，辛苦了！我喜欢看着你们把一根根的淮山提起，脸上露出了笑意。

哦，金田的淮山，太平天国故里的淮山，是不是因为太平军吃过了淮山，脚力强劲，才能走得那么远呢？

烟雨迷蒙的西山

烟雨迷蒙的西山啊，你就是一幅浓浓的水彩画。我就喜欢这样的烟雨迷蒙，喜欢烟雨迷蒙中的宁静，喜欢宁静的花草树木。雨水把它们洗得那样的清净，仿佛纤尘不染。

西山啊，有多少红尘中的步履，走过这湿漉漉的古道？有多少虔诚的身影，在这古寺青灯下膜拜祈求？前方踽踽独行的那个人，是否也像我一样，想起一些旧事，也想着明天的远足？或者他什么也不想，只顾朝前走去？

你好，西山的乳泉水，请把我的心洗亮吧，把我心底的歌声也洗清脆吧，就像这烟雨中的鸟鸣那样清亮，就像这静穆中的梵音那样清晰，如同这微风烟雨，缭绕在茫茫山水间。“自在飞花轻似梦，无边丝雨细如愁。”我忽地想起了北宋词人秦观的《浣溪沙》，这诗句也仿佛轻飘飘的雨雾，打在我心上，不着痕迹。

西山啊，登高也未必可以望远吧。烟雨迷蒙的你只是一幅水墨画。要是在晴天，我会看见你山势的挺拔险峻，庙宇别具一格，山脚下城市的楼房鳞次栉比，滚滚的西江犹如一条蜿蜒玉带，落在碧绿之中……可现在我看不见，只看见烟雨迷蒙，若隐若现，如梦如幻，这也是另一种美吧。

就让我成为一只快乐的小鸟吧

这里是莽莽苍苍的龙潭国家森林公园，此刻，我就在这重峦叠嶂中穿行，在碧绿和云雾中穿行。

万物葱翠的大森林啊，你就是大自然不朽的传奇。你看这高大的乔木多么沉静，你看这低矮的灌木多么自在。在山岩峭壁夹缝间破石而出的松树，虽形态各异，但无一不是苍郁挺拔。

这参天耸立的不是珍稀濒危植物猪血木吗？还有这称为木瓜红的树木也是这么高大英俊。这树干通直、平滑的就是木莲树了。哦，这是瘦高的竹柏树，也是珍稀濒危树种啊。沐浴在这绿色的海洋里，我的内心就如淡淡的林雾，也如这静静的植物，仿佛有一点点儿忧伤。

大森林啊，我已经融入你的怀抱，对吗？峡谷里，习习凉风轻抚我的长发。大森林清爽的气息沁入我心脾。

这叶如凤尾，枝繁叶茂的树种不是树蕨吗？它可是远古草食性恐龙的主要食物呐。还有五针松、竹节树、紫荆木，还有数不清的各种树木花草，都成了大森林之歌的一个个音符。

哦，这一泓碧绿就是龙潭了，我要在这儿临水梳妆，让长发更加乌亮，让面容更加滋润，让皮肤更加洁白细腻，让内心更加纯净。

大森林啊，山溪潺潺，蝴蝶在这儿飞舞，小鸟在这儿歌唱，松鼠在这儿嬉戏，小猴在这儿玩耍……我在这儿听林涛阵阵，从遥远处传来，又向远方涌去，那就是大森林在唱歌。

这歌声涤荡着我的心胸、清洗着我的心灵。哦，让我做大森林里快乐的精灵吧，去指示丛林里每一个迷失的风向，去珍惜每一缕和煦的阳光，去感恩每一滴甘甜的雨露，去铭记每一片青翠的绿叶，去成为森林里真正的歌手，千万年自由自在地歌唱……

向阳小街（三章）

滑板车上的歌手

“如果命里早注定分手，无需为我假意挽留……”这是谁?他唱得比谭咏麟还多了一些沧桑，也多了一些伤感。

这个残疾中年人，他坐在自助的滑板车上，停泊在小街的一堵围墙边。

他的手里拿着一个无线话筒，他的音响就装在滑板车上。滑板车前有个塑料小桶，小桶边立着一个印有微信二维码的纸板，小桶内已盛着一些爱心。

我看到他平静而深沉的目光，这个少了半截腿的人，他的伤肯定早已痛过，他的泪也许早已流尽。

原先他也许就是一个歌手？或者是伤痛让他成为一个歌手？他从何而来，又准备到哪里去？

小街内匆匆而过的人，有的甚至不曾看他一眼。而一个卖煮玉米的女人，装了两个玉米轻轻地放在他的滑板车上。他平静地说了声“谢谢”，他和卖玉米的女人素昧平生。

“回忆别去的我在心头，回忆在这一刻的你，也曾泪流。”他唱到这里的时候，围墙内的那棵大树飘下了几片黄叶，就像一个感动的人开始流泪一样。

路过小街的时候

路过这条小街的时候，我常常会瞄几眼那个卖猪肉的摊档，瞄几眼那个正在切肉砍骨头的少妇。她的动作那么麻利，就像老江湖一样。

我偶尔也会看几眼那间草药铺，看几眼那个常常半躺在竹椅上享福的瘦老头，他的眼镜片后那双小眼睛似睡非睡，不知道他是否看透了这个世界？

我也会瞧几眼那个偶尔出现的卖虾人，几乎每次他的地摊上都有几个人围着，而那些河虾还在活蹦乱跳，河虾们也许不知道自己很快就会“红”起来。

我也会瞅几眼那个卖青菜的老太婆，她的头发已白了不少，有时她也卖一些丝瓜、豆角什么的，她不是固定摊点，她卖的菜也许是她自己种的。

我也会望几眼那个卖水果的女人，她也是一个动作干练的人，太多人买水果锻炼了她的干练？东南西北的水果她都有，水果芬芳的味道应该就是人间的好味道。

走出了小街，我有时也会回眸一瞥，如果是临近黄昏，那些各种各样的摊点，那些匆忙的人们，会让我想到万家灯火即将次第亮起。我知道，一定有人在等着小街上的人回家……

买菜记

偶尔我会买半边鸡，对，只要半边。另半边有时候已被人买走，有时候则是我留下的。

我买的果园项鸡，它曾在果园里觅食，像运动员一样奔跑、跳跃，吃过果树上掉下的虫子，所以它结实。

它和我素不相识，但我们是有缘分的，它为我提供了美味、蛋白质和脂肪，这些都是我所需的营养物质的一部分，但它也许不知道。

它还有另半边，那是另外人家的，它应该也不知道这个缘分。

只要我进入小街市场，总会有半边鸡等着我，它成了我的菜，也成了别人的菜，可是我并不认识和它有缘的另外的人。但是，我和另外的那人都是它的有缘人。

05

葡萄熟透了

那时候，他们的爱情（四章）

永远在一起

“亲爱的，我们未竟的事业，我们满怀憧憬的未来，还有我们的孩子，只有靠你一人去奋斗了。但请相信，在看得见你的地方，我的眼睛和你在一起；在看不见你的地方，我的心和你在一起。”

这是共产党人谭寿林在南京雨花台就义之前，写给爱妻钱瑛的最后一封信——《我们永远在一起》。

他曾给她写过130多封信，平均每个星期都要写一封，那时她去莫斯科中山大学学习，那是他看不见她的时候，但是他的心和她在一起。

后来，她办公的地方总是挂着他的照片，他肯定能够看得见她，她把全部精力都投入到革命事业中去，以完成他“未竟的事业”。

他走后，她——这个被称为“中共一枝梅”的人，终身未再嫁人，而他们留在苏联的唯一女儿早已夭折。

每当思念他的时候，这个曾领导过游击队让敌人闻风丧胆的人，就会作诗怀念，而他自然会读到她的诗，因为他们永远在一起……

相见时难别亦难

“不认识！”这是李英在庭审时对敌人的回答，她“不认识”的人是邓中夏——她的丈夫，其时，他浑身血迹。

这对志同道合的夫妻，为了不让敌人知道真实身份，强忍着压抑情绪。她看着他的离开，而这一别便是永别！

我相信，她的泪肯定在心里流，而心也会在滴血！可除了儿女情长，他俩有更崇高的追求。

“人只有一生一死，要死得有意义，死得有价值。”“请告诉大家，就是把邓中夏的骨头烧成灰，邓中夏还是共产党员。”这是他说过的话。心中有崇高的理想和信念，他早已将生死置之度外。

黯然销魂者，唯别而已矣。坚强的夫妻，默默相爱的人，在这阳光灿烂的午后，我为你们的故事潸然泪下。

惊天地泣鬼神的爱情

“我们要举行婚礼了，让反动派的枪声来作为结婚的礼炮吧！”在敌人的刑场上举行婚礼，陈铁军震撼人心的婚礼誓言，足以惊天地、泣鬼神！

我仿佛回到了那风雨如晦的岁月，我看到了她冲出封建家庭，行走在光明的道路上。

“正是革命到了紧急关头，才需要不怕危险的人。”她哥哥劝她不要冒杀头的危险，要送她到外国留学，陈铁军断然回答说：“为大众的幸福而被杀头，也就是我的幸福。”

我仿佛看到了他——广州工人运动的优秀领袖周文雍，在狱中愤怒地拿起笔来，写下了他不朽的《绝笔诗》:“头可断，肢可折，革命精神不可灭。壮士头颅为党落，好汉身躯为群裂。”

周文雍、陈铁军假扮夫妻开展地下工作，也参与领导过广州起义，毫无疑问，他们的爱情是经历了血与火洗礼的爱情!

他们的爱情是随时都会生离死别的爱情，是在残酷的斗争中来不及表白的爱情，他们的爱情纯洁如白云、如雪花、如水晶。敌人的铁窗下，他们拍下的最后合影成了结婚照。

经历过各种酷刑逼供和威胁利诱，他们刑场上的婚礼，他们永恒的爱情，那是空前绝后的爱情，是永远让人为之动容的爱情!

生死相许

“我心里的白马王子，那是像黄日葵这样的人，否则宁肯不嫁人。”这是文质彬对自己的同学说过的话。

那是1921年夏，黄日葵从北京来到重庆川东第二女子师范学校暑期讲习会讲演，而女学生文质彬就是他忠实的“粉丝”。

作为北大的才子，他风度翩翩，尤其是作为五四运动的猛将，他的不凡经历更让她钦佩有加。而她清纯亮丽、追求进步也给他留下了难忘的印象。

所谓有缘千里一线牵。7年后，他俩在上海终于走到了一起，成了亲密爱人。看着他俩相依在一起的照片，就知道，他们如鱼得水，幸福在荡漾。

“我的好伴侣呀!我愿你的光常明，姿常满!因为我发誓永久的爱你。要我断了爱你的念头，除非我的灵魂安息了……”他1920年写这首《睡起对月》时，他俩还不曾相遇。

他心里的明月是他崇高的理想和追求，而结婚后，她又何尝不是他的明月。

这个两次被捕、受尽折磨的人，出狱之后又抱病工作直至离世，享年 31 岁，可谓生命不息战斗不止。

而他走后 4 年，她也因忧郁成疾不治而终，让人感慨唏嘘。这就是所谓的生死相许吗？

天地英雄气（四章）

有感于“八女投江”

她们打光了最后一颗子弹，在弹尽粮绝的情况下，她们相挽着投入了冰冷的乌斯浑河。

她们是指导员冷云，班长胡秀芝、杨贵珍，战士郭桂琴、黄桂清、王惠民、李凤善和被服厂厂长安顺福。她们当中年龄最大的 23 岁，最小的刚满 13 岁。

在生命的最后时刻，她们朝着大部队的方向齐喊：“不要管我们，握紧手中的枪，抗日到底！”

这就是“八女投江”的故事。奔腾的乌斯浑河，一定会永远记得这八名英勇的女战士。

那飞溅的浪花，一定会永远难忘她们血战到底的英雄气概，难忘她们的勇敢、沉着和义无反顾。

天地英雄气，千秋尚凛然。八名宁死不屈的女战士，她们身上闪现的是崇高的民族气节。

她们可歌可泣的光辉伟绩，她们视死如归的革命斗争精神，谱写了惊天地、泣鬼神的抗日诗篇。

永恒的微笑

共产党人王孝和临刑前露出的微笑，那是让人震撼、令人难忘的微笑。

这个有着崇高理想的人，这个视死如归的人，他的微笑是对反动派的蔑视。

敌人曾经轮番使用了“老虎凳”“磨排骨”“辣椒水”和电刑等酷刑，都没有打垮他的意志。

这个宁死不屈、大义凛然的人，他的微笑表明他坚信着胜利一定会到来，光明一定会到来。

正因为如此，他在遗书中号召战友们“为正义而继续斗争下去！前途是光明的”！

他也寄望于孩子，“要继承父志，完成未竟事业”！

“我一定用我的生命保卫党，保卫工人阶级的崇高事业，永不动摇，一直革命到底。”这是王孝和入党时的誓言。

1948 年 9 月 30 日，24 岁的王孝和，他用他年轻的生命和最后的微笑，践行了他铿锵有力、掷地有声的誓言。

工人阶级的杰出代表、优秀的共产党员王孝和，他最后的微笑，是永恒的微笑，胜利的微笑……

致敬，人民的守护神

多么令人震撼！在加勒万河谷，面对数倍于己的外军，“卫国戍边英雄团长”祁发宝张开了双臂阻拦。

临危不惧的团长啊，你的身前是重围，但你知道祖国的山河寸土不能让，你的背影让我想到了庄严的界碑，你张开的双臂让我想到了钢铁长城！

致敬，我们英勇顽强的勇士，你们的身后是祖国，是鲜花处处盛开的山川大地，是宁静的乡村，是车水马龙的城市，是繁忙的工厂，是书声琅琅的校园，是静夜里甜蜜的梦乡……

致敬，所有用生命捍卫着祖国安宁的勇士们，你们是中华民族的脊梁，是人民的守护神！

清澈的爱

吃沃柑的时候，我想起了陈祥榕，想起了他青春的笑脸，想起了他清澈的眼神，眼里有闪闪的亮光。

浑身上下都是朝气的人，我也想起了你在高原上捧着橘子一脸满足的样子，也想起你写下的战斗口号“清澈的爱，只为中国”。

年轻的战士啊，我吃的沃柑，清甜多汁爽口，这是我可爱的家乡的特产。此时，我多么希望你也能品尝到这么好的果子。

窗外阳光明媚，清风吹拂，我知道所谓的岁月静好，无非是有许许多多像你一样负重前行的人。

英勇牺牲的勇士啊，我也想起了一个网友的话，我在深夜惊醒，突然想起，你们是为我而死！

谚语和奥秘（外一章）

“三年不饮湘江水，十年不食湘江鱼”，广西北部湘江地区的这句谚语让我难忘。

毫无疑问，那里的每一寸土地，那里的一草一木，它们更懂得这句谚语的意思。而湘江的波涛，波涛里穿行的鱼儿，它们也会更了解当年的悲壮与惨烈！

我也记住了这两个数据，中央红军渡过湘江后，由长征出发时的 8 万多人，锐减至 3 万余人。

是什么让红军将士视死如归、向死而生、一往无前？

我想起了习近平总书记参观红军长征湘江战役纪念馆时说的话，他说：“舍生忘死的红军将士靠什么？靠的是理想信念，成功的奥秘就在这里，革命理想高于天，这样才能够不断地取得奇迹般的胜利。”

一幅油画

我在看一幅油画，油画上的主角是红军 34 师师长陈树湘。躺在担架上的他，衣衫褴褛，鲜血渗透了他腹部的衣服。

得意忘形的是敌人，他们抬着他，正欣喜若狂地要前往长沙请功。

我好像闻到了浓烈的硝烟味道，仿佛听到了那时候的激烈枪声。战斗打得昏天暗地，湘江的波涛逐渐被鲜血染红。

枪林弹雨中，他——师长陈树湘，率后卫师官兵冲锋陷阵，与数十倍于己的敌人鏖战了4天4夜，直到中央红军主力突围渡过了湘江。

此时，我看到油画上的他，从昏迷中苏醒过来，他乘敌人不备，把手伸进了腹部的伤口，从伤口处掏出了肠子，用尽最后的力气把肠子绞断……

这个参加过秋收起义的人，这个在井冈山、在中央苏区历次反“围剿”中浴血奋战过的人，他以29岁的生命，实现了“为苏维埃新中国流尽最后一滴血”的豪迈誓言。

一件旧棉袄（外一章）

这是一件让我感到心酸的旧棉袄。

它是如此的破旧，单看正面就有上十处补丁。它曾经穿在一位14岁的少女身上，出现在百万雄师过大江的队列里。

那是1949年4月20日夜，渡江战役打响，穿着这件棉袄的她，和她哥哥一人掌舵一人划桨，他们送解放军渡江。

船只在枪林弹雨中穿行，船帆被打烂了，她不惊慌。子弹把“小棉袄”的右臂打出了花，可她忍住疼痛，硬是稳住了舵，确保了航向。

那一夜，她横渡长江6趟，把3批共90名解放军送到了南岸。她就是渡江战役中年龄最小的支前船工——马毛姐。

“把解放军送过江消灭敌人，穷人才能过好日子。”耄耋之年的马毛姐忆往昔峥嵘岁月，她的话仍像那件旧棉袄一样朴实。

朴实的旧棉袄啊，你让我感慨万分，我也读懂了你……

一根竹竿

一根竹竿，一米来长的竹竿，在旧社会时，穷人唐和恩曾携带着它去讨饭，它现在是一级革命文物。

这是为什么？只因为上面刻着包括了山东、江苏、安徽三个省 88 个城镇和村庄的名字。

那不是唐和恩讨饭的线路，而是后来他从家乡出发，参加支前运输粮草经过的路线，串起来就是约 5 千里的支前图。

这根浸润了唐和恩汗水的竹竿，它一定会很自豪。战后，它的主人被授予为“华东支前英雄”称号，唐和恩带领的运输队也被评为“华东支前模范队”！

这根光荣的竹竿，它还走进了电影《车轮滚滚》之中。电影里那位手持竹竿的支前民工，他的原型就是淳朴可爱的唐和恩。

望着这根色泽金黄的竹竿，我仿佛听到了当年隆隆的炮声，也看到了千万个支前民工在硝烟中穿越。

我想起陈毅说的那句话，淮海战役的胜利，是人民群众用小车推出来的！我也想起毛泽东的诗句：“军民团结如一人，试看天下谁能敌！”

那条小路通往何方（三章）

那条小路通往何方?

——读凡·高的《有乌鸦的麦田》

那条小路，那条麦田中的小路，那条青草簇拥的小路，那条弯弯曲曲的小路，它通往何方?

这宽阔的麦田，这寂寥的麦田，这黄金一样夺目的麦田，只有乌鸦在成群结队地低飞。我听到了它们的怪叫声。它们的叫声让寂寥更加寂寥。

我看到风吹麦浪，风吹麦浪上深蓝色的天空，风吹深蓝色的天空中卷起的乌云，我看到密布的乌云像乌鸦一样扑向麦田。我看到麦浪和乌云在天地之间翻滚。

乌鸦啊，你知道，那条小路，那条麦田中的小路，它通往麦浪的深处，它消失在视野的尽头，消失在蓝天的深蓝里，但它不会消失在心底的梦里……

一片树叶晃动着回到了树根

——读凡·高最后的遗作《树根》

我想起了家乡的西山，西山枝柯交错的巨大榕树，榕树的裸根，仿佛是榕树伸出的无数只手，要把山坡紧紧抱住。

我也想起了家乡的南山，南山的小叶榕，长在石缝中的树根，被石缝挤压，随石缝弯曲、下行，裸露出来的根还比树木高大——深厚的大地知道，树根在和命运抗争。

树大根深。只有大地了解树根的脚步，只有大地读懂树根的艰辛和寂寞。只有大地能给予树根深情的祝福。狂风吹过，也只有大地能收留树根还想流浪的心。

我听到麦地那边传来了一声枪响，一片树叶晃动着回到了树根，回到了梦乡……

我看不到一只耳朵在飞

——读凡·高的画作《向日葵》

就是那么好看，这些瓶子里的向日葵，这些盛开在阳光里的金灿灿的向日葵，就是那么好看，我看不到一只耳朵在飞。

我想起了曾在葵花地里的漫步，每一朵葵花都是那样阳光，每一朵葵花都是那样圆润，每一朵葵花都是那样饱满，每一朵葵花都让我闻到了阳光的味道。

我想起了自己在葵花地里的微笑，就像葵花一样的微笑。我知道，我面朝阳光，我就能感受到温暖，就好像自己已在清风中绽放。

我也知道，和葵花在一起，其实阳光已经照进了我的心里。即使太阳会下山，即使会有狂风暴雨，即使会有漫长的黑夜，阳光依然会在我内心里明亮。

就是那么好看，这些瓶子里的向日葵，让我想到了原野上一望无际的金灿烂。金灿烂的向日葵啊，你们那么热烈，那么强悍，我看不到一只耳朵在飞……

吉卜赛女郎（三章）

吉卜赛女郎

——题弗兰斯·哈尔斯同名油画

美丽清纯的吉卜赛女郎，无忧无虑的少女，你会说话的大眼睛流露着欢喜，你在看什么呢？

你刚刚跳过舞吗？你蓬松的秀发和显眼的红头绳，随意飘洒，让我想到洒脱的舞姿。你旋转的时候，红色的裙子会像一团青春的火焰！

活泼奔放的吉卜赛女郎，你脸上的红晕，微启的朱唇，盈盈的笑意无不张扬着青春的热情。你灰白色的上衣，敞开的领口，充满了动感的魅力，显影着清新自然、热情豪放的美感。

无拘无束的吉卜赛女郎啊，没有什么能禁锢青春的气息，也许生活仍会困苦，梦想仍会流浪，但美目顾盼的你，乐观与自信写在脸上。

自由不羁的吉卜赛女郎啊，你刹那间的回眸定格了永恒的青春。你的清纯和洒脱，也写在大地上，写在白云和蓝天上……

戴珍珠耳环的少女

——题约翰内斯·维米尔同名油画

戴珍珠耳环的少女，你侧身回首，我看到你明亮的大眼睛，看到你浅浅的笑意，我们，似曾相识吗？

戴珍珠耳环的少女，我看到你欲言又止，我们，真的似曾相识吗？是在明媚的春光里，我们邂逅过？还是在连绵的秋雨里，我们不期而遇过？

戴珍珠耳环的少女，我看到你泪滴形的珍珠耳环闪着亮光，我想起草尖上的晶莹和花瓣上的剔透，也想起早晨明净的阳光里，一个纯真的少女在青草地上练习深呼吸，阳光照耀着她的超凡出俗。

戴珍珠耳环的少女，你如梦幻般的回眸，你永久的恬静的微笑，让我看到了大海的蔚蓝无边，看到了无数的珍珠在碧波深处熠熠闪光。

夜　巡

——题伦勃朗同名油画

一群英姿勃勃的人已汇集过来。我们的领头人，他刚刚喊过“准备出发”。我仿佛也走在其中，刚才还吹了一声口哨。

战友们有的手持长枪，有的挥舞着旗帜，有的在击鼓，有的轻声议论着什么。我的枪早已填满了火药，只等一声令下。

那个吹气清枪的人，我知道他可以百步穿杨。而我打出的弹头，可以把他打入墙壁里的子弹再往里推一推。

我们的领头人已经大手一挥，我们马上就要出发，跟随在队伍中的小姑娘，你会看见威风凛凛，看见漫天星斗，看见精神抖擞。

天真的小姑娘，如果必须的话，你还会看到弹无虚发。一个夜巡的人，一个忠于职守、无所畏惧的人，会是顶天立地的人。

寂静中，我听到果壳胀裂的声音（四章）

我听到果壳胀裂的声音
——读凡·高画作《树林中的白衣女孩》

树林中的白衣女孩，你什么时候来到这片树林之中的呢？你静静地站山毛榉下，此时你在看山毛榉裸露的树根，还是看赭红色的地面上飘落的树叶？

树林中的白衣女孩，你的白色衣裙，你的白色圆帽，圆帽上的鲜红饰巾多么耀眼。白衣女孩，是在搜寻山毛榉落下的三棱坚果吗？还是在期待什么呢？

美丽的女孩啊，丰收的季节已经来了，寂静的秋林里，空气中弥漫着树木的芳香。啁啾的鸟鸣声中，我听到果壳胀裂的声音……

有妇女在洗衣服的阿尔吊桥

——读凡·高同名画作

阿尔吊桥，那是乡间的桥，梦里的桥。一辆马车正从桥上走过，我听到了“嘚嘚”的马蹄声，我看到铁索吊桥在轻轻晃荡。

坐在马车上的人，他若无其事地看了一眼河边洗衣服的妇女。那些洗衣服的妇女，她们五彩缤纷的衣着让河岸生动起来。

她们也许不会留意到马车，不会留意到红砖桥墩的厚实，甚至，习以为常的她们，也许也不会注意到河水是这么清澈，清澈得和蓝天同色。

橘红色的河堤，青草正肆意生长，也许有小鸟儿在草丛中筑巢；恬静之中，水波荡漾，洗衣服的妇女，她们是否看到有鱼儿游过？

她们在说些什么呢？也许河水未曾留意，那条搁浅的小舟也未曾留意，而漫游在郊外的凡·高，他听到了他内心快乐的声音……

唧唧复唧唧

——读凡·高画作《织布工的右侧》

唧唧复唧唧。唧唧复唧唧。纽南已经进入了春天，画面上的织布工，他好像什么都不知道，他还在那儿织着，织着。

唧唧复唧唧。唧唧复唧唧。多么宽大的织布机，把他罩在其中，他似乎就是织布机上的一个零件，在岁月操控下，机械地织着，日日如此，从冬到春。

我知道，从他的左侧看过去，他的身体同样是缩在织布机里，同样是沉默地坐着，仿佛“唧唧复唧唧”就是他的语言。

唧唧复唧唧。唧唧复唧唧。他把孤单积织进了布里，把无奈织进了布里，也把悲凉织进了布里……

一场大雨即将来临

——读凡·高画作《沙丘上补渔网的女子》

乌云已经漫了过来，密布在村庄的上空，翻卷在教堂的尖顶上，一场大雨即将来临。

一场大雨即将来临，沙丘上补渔网的女子们还在忙碌着。这些身着墨绿色衣裙的女子，她们遮挡沙子和北风的白色头巾，就像橄榄绿画面上的珠贝。

一场大雨即将来临，可她们的男人还没有回来。那些迎着日出走向大海的男人，他们有宽阔的胸膛，强健的体魄，他们可以在大海上搏风击浪。

沙丘上补渔网的女子，她们的每一针每一线，都会让男人牵挂，都会给男人以力量，是她们把男人培养成大海一样强壮的男人。

一场大雨即将来临，那些出海的男人还没有回来。我仿佛听到祈祷的钟声从教堂里传来……

葡萄已经熟透了（三章）

葡萄已经熟透了

——读凡·高画作《在阿尔勒红葡萄园》

葡萄已经熟透了。在阿尔勒的红葡萄园，一串串的红葡萄，一大片的红葡萄，已经熟透了。在阳光里，我闻到了酒浆的气味。

所有的人都来吧，在这丰收的时节！让照亮红葡萄的阳光，也照亮我们的脸庞！我走入画中左摘一串，右摘一串，上摘一串，下摘一串，每一颗葡萄，都是那么圆润。

都来看看这一串串的葡萄吧，对着阳光看一下吧，每一串葡萄的表面上都有薄霜，仿佛是它们经历过的风霜。每一串葡萄都那么饱满，似乎这样才对得起大自然的馈赠。

醉人的红葡萄啊，我想跳起来，也要唱起来，因为我醉了，醉在阳光里，醉在丰收里，醉得五彩缤纷，醉得万紫千红……

风和日丽的施维宁根海滩

——读凡·高同名画作

波平浪静的大海，风和日丽的施维宁根海滩，正是出海的好时节。

亲爱的人，黎明的曙色照在棕黄色的海滩上，照在无边的海面上；也披在深棕色的船上，披在你的身上——远航的人，正拉起风帆。

去吧，我会在海边静静地守望，像海滩守望着浪头；去吧，我会在内心里静静地呼唤，像夜空呼唤着星光。

远航的人，我知道只有大海能宽慰你孤独的心；寂寞的人，我知道只有海风能鼓起你生命的风帆！

吃马铃薯的人

——读凡·高同名画作

毫无疑问，他们是农民，是土地里刨食的穷人。我看到昏黄的灯光下，这一家吃马铃薯的人，他们有朴实而憔悴的脸，有瘦骨嶙峋的双手。

毫无疑问，这些瘦骨嶙峋的手，也是在土地上劳作的手，此时有的在倒茶水，有的已拿起了马铃薯，有的正伸向盘子里，而有的我看不见。

毫无疑问，马铃薯是饭，也是菜。吃马铃薯的人，他们的马铃薯在盘子里散发出缕缕热气，热气升到了头顶的挂灯上。

这亮着的挂灯，让低矮的房屋有了生气。这昏黄的灯光，也使狭窄的房间显得逼仄。但吃马铃薯的人，专心致志地品尝生活的人，我还没有听他们的一声叹息。

我知道，一切都在画家的掌握之中，“辛勤劳作换来的，他们当之无愧，比谁都体面”。

我想起一只飞翔的耳朵（三章）

我想起一只飞翔的耳朵

——读凡·高画作《啤酒杯和水果》

静物，静得像黄昏。那只立在水果间的啤酒杯，啤酒杯上高高的把手，那是一只耳朵吗？它在倾听吗？倾听黄昏的孤独？倾听秋天的炽烈？

这些苹果，这些梨子，它们已经远离了枝头，远离了蛙鸣，远离了露水，现在它们正默默地坐在桌面上，仿佛四周的暮色和寂寞已充满了它们的内心。

几口啤酒下肚之后，这些静默的水果，哪一只首先会被拿起，由此，最先感受到刀锋的锐利？

我想起金灿灿的秋野，想起燃烧的向日葵，想起烈焰中一只飞翔的耳朵……

一个朴实的农妇来到了我眼前

——读凡·高画作《卷心菜和木鞋》

我似乎看到一个农妇，一个朴实的农妇，在这黄昏里来到了我眼前，她是我的祖母，也像我的曾祖母。

在那遥远的乡下，她们都穿过木鞋，也都种过卷心菜，种过土豆。她们种的土豆，有些外皮还是红色的。

现在，她们收获回来的卷心菜和土豆，都静静地安坐在桌子上，静静地成了凡·高眼中的静物。

白玉一般的卷心菜啊，你的白净让寂静的黄昏多了一些亮色，你清晰的纹理记录着曾经的岁月。

你会回忆起菜地的晨曦吗？会回忆起野外的星光吗？你是否也会想起一个农妇忙碌的身影？

无言的卷心菜啊，你像土豆一样，像木鞋一样，像雨披一样，像这个黄昏一样，沉默无声。

飞吧，云雀

——读凡·高画作《麦田云雀》

你可以飞得更高，望见一望无际的麦浪，望见遥远的天边，望见另一只甚至一群云雀掠过麦田，穿云而去。

你可以从云端中快速地俯冲，回到麦田上方，翱翔在这金黄色的意境里，或自由地翻飞，自在地鸣唱。

你也可以飞得很低，翅膀扇动着叶尖，甚至降落到麦苗丛中，用强健有力的爪子捉起一只猛跳着的蚱蜢。

飞吧，云雀，这一片生机勃勃的麦田属于你！振翅吧，云雀，这一片高远的蓝天属于你！

我听到你高昂悦耳的鸣唱，云雀啊，你一定是唱着麦浪谱曲、大地作词的歌曲，飞过了千山万水……

我心似明月，清风送皎洁（跋）

宋春来这本《春天的约会》是她出版的第二本散文集，或者说散文诗集。即使在生活繁忙加之手机改变阅读习惯的年代，认真翻看《春天的约会》其中的篇章，也用不了多少时间。看了之后，又像游玩了几处地方，又到了诗意的远方，感受到彼处视野的开阔、阳光的温馨、空气的清新，让我思维上又放松了一下，不亦乐乎！

我心似明月，清风送皎洁。《春天的约会》之美，美在如诗如画般的意境。“大片大片的薰衣草啊，把我的思绪熏成了紫色，把我的梦境熏得芳香，这大地的诗情画意让我如此陶醉。有谁知道，起舞弄清影中，我像薰衣草的花语一样等待，等待回眸一笑，等待怦然心动。”这是作者《在薰衣草中起舞》的句子，让人看到了远处大片大片的薰衣草，而作者饱含的情感、思绪也熏成了紫色，心灵与大自然融为了一体，陶醉中梦境也熏得芳香，她想到了等待相见中的怦然心动。正如南宋诗论家严羽所说的：“故其妙处，透彻玲珑，不可凑泊，如空中之音、相中之色、水中之月、镜中之象，言有尽而意无穷。”又如作者在《梦里金莲花》中写道：“静谧的云水之间，那一朵朵金黄如此清幽淡雅，仿佛有许多温馨的浪漫，也有许多深情的渴望，在静静地等候相约之人的到来。”所谓“境生于象外”，作者看到的不只是金莲花，更是背后“深情的渴望”，是“相约之人的到来”。虚实之间，是意境的美。在《千年银杏，你在等我吗?》中，作者写道：“这黄金的岁月啊，不老的青春！你的气息漫过山冈，染黄层林，看啊，我还是前世的模样吗？在你千年的誓言里奔跑，我的心如此震颤！在你千年的等待中抽泣，我的泪水如此甘甜！”这种意境美，美在联想，由千年银杏想到千年的誓言、千年的等待，想到泪水的甘甜，这是寄情于景，这些优美而富于想象的语言如潺潺的流水滋润着心田。

《春天的约会》之美，美在给人温暖和力量。如《滚磨扇像跳动的心房》中，作者写道：“我想起我乡下老家的水石磨，我的祖父祖母一个推磨，一个往磨眼里装粮食，他们磨起了炊烟，磨亮了小鸟清脆的鸣声……人祖啊，你们推起磨来，大地春暖花开，莺歌燕舞，繁衍了万千人口。”由石磨想到推过磨的祖父祖母，再想到伏羲和女娲的创世纪，表现出雄浑开阔的意境，让人温暖和充满力量。又如，作者在《谒黄河大铁牛》中云：“大铁牛啊，我也愿意永远伫立在你们的身旁，我也愿意永远像你们一样有力量，可以抗击人生的各种波涛浊浪，可以承载一切的繁华与寂寞，让岁月如歌，从不言败。”心中有信念，即使如黄河大铁牛被深埋于污泥中也无所畏惧，甚至被毁灭，也不会被打败。又如，作者走进青龙峡，感悟了秋日靳家岭红叶燃烧的激情，她写道：“砥砺过多少风霜才能如此热烈奔放？经历过多少等待和盼望才能如此震撼人心？……亿万张红叶，亿万次歌声，亿万次掌声，我愿意跟随你们热烈地歌唱！”可谓让人心潮澎湃。大家都知道，红叶红过了，秋风很快就会扫落叶，冬天也将冰封一切，可又有何可怕的呢？只要热烈地歌唱过，春天不是很快又来了吗？作者感悟生命的炽热情感自然流露，作者澄明之心把我感动。“在这贫乏的时代，诗人能做什么？”这是德国诗人荷尔德林的自言自语。“诗人可以使我们诗意地栖息在这个世界里。”哲学家海德格尔这样回答。我觉得类似于宋春来那样义无反顾地赶赴春天的约会，感悟春天的力量和温暖，就是“诗意地活着”，因为活着总要有追求，心中总要有信念，而温暖总能驱走寒冷，总能抗衡平庸，这才会是诗意的。奔赴远方，远方就好像有一盏明灯，给予我们前进的力量。

《春天的约会》之美，美在给人心神宁静与美好。在《天柱山的灵魂》中，作者道：“我在天池峰上流连，想想过往的日子，那是多么的短暂！百年之后，我愿意是云雾，和大地山川依依不舍。”天人合一的宁静心境，富于想象而有诗味。在《海之魂》中，作者道：“我看到海天一线处，帆影点点，而在我的边上，有人单脚挺立做起了瑜伽动作，她把手慢慢举起，让我想到涛声中升起的太阳……”沉静中充满着希望。在《哦，神奇的东湖树根》中，作者道：“哦，神奇的树根，聪明的树根，朴实无华的树根，默默奉献的树根！你永远是大树的支撑！你的静默就如我的父亲，永远是我的支撑！”这是大树和树根的深厚情意，由树根想到静默的父亲，提升了诗的意境。《在桑科草原上信马由缰》中，作者道：“一望无际的大草原啊，我奔跑的马儿，你累了吗？停下来歇歇脚吧，躲在柔软的草地上，那是多么温暖和舒适。蓝天白云下成群的牛羊啊，这水草丰茂的地方永远是梦里的家。”也许没有人的生活永远一帆风顺，每个人看似风平浪静的背后，或许都会藏着惊涛骇浪，但梦里的家都是温暖和舒适的，这些生动传神而有灵气的语言，令我享受了审美的愉悦。在《年轻的大森林》里，作者道：“茫茫的大森林啊，我说过，我在这里踏歌而行，累了，我就暂时在树洞里休息，让梦想、喧哗、诱惑、无奈、失望、困顿、希冀、追逐通通远去，也许瞬间，也许百年后，我才会醒来。耸入云霄的大树啊，你要在以后的风霜雨雪中默默坚守，不要让我醒来后，无处安放那充满勃勃生机的青春。”作者远赴春天之约的坚定，似乎不会犹豫，年轻驿动的心，似是不易放下，也许在她的字典中，会有苦，也会有累，但估计没有“认输”二字。我想，其心态并非浮躁的，而是平和、淡然的。毕竟，年轻没有什么不可以，也许青春本身就是一团火，需要燃烧。想到百年后会醒来，而醒来后仍要安放那充满勃勃生机的青春，这就是作者活出真我之境界吧。但是，这仍使我想到了南朝吴均《与朱元思书》中的“鸢飞戾天者，望峰息心；经纶世务者，窥谷忘反”。如同我这样被飘雪洒落在头顶的人，即使不读这些文字，也是“望峰息心”的了，而读了反而就更加平静下来，也许这就是所谓的年岁不同，心态就不同，感受也就不一样。

《春天的约会》之美，美在流畅自然，画面感强。在《大手掌，你不会轻易挥一手吧》中，作者道：“大手掌啊大手掌，你不会轻易挥一挥手吧？你挥一挥手，也许飞沙走石、电闪雷鸣，也许拨云见日、晴空万里，对吗？”这里有很强的画面感，其背后却是含蓄之美，读来仿佛身临其境，感受了那种“言外有无穷之意”的想象。如果说这是诗意语言的话，那么这样的语言，就属于文字晓畅、画面感强的表达，有别于当今那些写得佶屈聱牙的现代诗，晦涩艰深，难于读懂，最后甚至连作者也不知所云。在《清澈的爱》中，作者道写：“年轻的战士啊，我吃的沃柑，清甜多汁爽口，这是我可爱的家乡的特产。此时，我多么希望你也能品尝到这么好的果子。”这不仅仅是对家乡田园丰收的热爱与赞美，更是对戍边英雄的真情赞颂与讴歌。相信，许多人都看过陈祥榕吃沃柑时那清澈眼神的照片，再读到宋春来的这些文字，那画面又会浮现在眼前，由此英雄的形象更加栩栩如生。这样情景交融的文字不会让读者敬而远之。

从《风华正茂，我的武汉大学时光》到《春天的约会》可知，宋春来是一个徜徉在山水间的人，是一个畅享着大自然之美的人。在如今这样一个物质化年代，能自得其乐并随手记录行踪影迹，日积月累，写下了许多优美而温暖的文字，为生活增添一些浪漫与梦幻，这是令人欣喜的。“独坐幽篁里，弹琴复长啸。深林人不知，明月来相照。”这是山水诗人王维闲适生活和超脱凡俗的写照，而宋春来在忙碌之余，亦从喧嚣中抽离回归到本真——以弹琴作画为乐，愿她永远诗中有画，画中有诗。心中的期待，笔下的思考，眼前的风景，就是诗意和远方。在此，也期待她创作出更多的好作品，奉献给喜欢她的读者。

宋显仁

2022 年 8 月 22 日

后　记

小时候，我坐班车去异地，那是常事，只因为外婆家不在本地。而真正要出省远行，则是2012年刚上大学的时候，到如今已十年了。那晚和父母挤上绿皮火车的情景，我依然记得清楚。

十年的流水光阴，想起来有许多愉快的事，当然也有一些伤感的事，而我所能感知的就是，不论冬天多么寒冷，春天总会到来。这本书的文字整理、编辑，是我回到家乡后开始的，这时候院子里的李子花已绽放，而阳台上的长寿花刚红了一点儿，尽管近来的天气仍然比较寒冷，但天气总的来说是一天比一天温暖起来。我的家乡荷城号称“中国赏荷第一城”，没多久夏天就要来了，这里又会是满城荷香，对于不少外地人来说，这里也会是他们的“诗意和远方”，而我回到了“诗意和远方”里，岂非妙事？

不管怎样，看着这些曾经伴随过自己和记录着以往行踪影迹的文字，尽管有些很清浅，但敝帚自珍，心情仍十分愉悦。这些文字的创作跨度也有近十年，想想人生能有多少个十年？于是决定汇集成册。对于其中的一篇文章来说，不过是一时所见所感而已，对于整本书来说，也不能说是十年磨一剑吧，因为它并非连续完整的故事。

人们常说，光阴似箭，日月如梭。这些年来，曾和我同时观看过橘子洲头上璀璨烟花的学友，和我一起倾听过珞珈山鸟鸣的同窗，一切安好？和我一起跨过江河走向远方的朋友们，是否偶尔会想起当年的远足？

当年看到过的雾中的庐山桃花，此时一定露出了灿烂的笑脸吧，当年品尝过的秭归的柑橘，还是那么好味道吧，高原上的星空，也还是那么湛蓝吧……

十年，在外求学和工作，我像一个浪迹天涯的人。如今回想起来，那也不过是弹指一挥间就过去了的事，可那些美丽的记忆，却会时不时来到我的面前或者出现在我的梦中……重新打量以往足迹，我体会到，最美的远方永远在我心里，春天永远在我心里，内心充实，心怀美好，无论何处都是诗意和远方。

本书能够顺利出版要感谢的人很多，在此，就让一切尽在不言中吧。

宋春来

2022 年 2 月 26 日